Minha querida Sputnik

Haruki Murakami

Minha querida Sputnik

TRADUÇÃO
Ana Luiza Dantas Borges

15ª reimpressão

Copyright © 2001 by Haruki Murakami

Grafia atualizada segundo o Acordo Ortográfico da Língua Portuguesa de 1990, que entrou em vigor no Brasil em 2009.

Título original
Sputnik Sweetheart

Capa
Christiano Menezes / Retina_78

Revisão
Neusa Peçanha
Renato Bittencourt
Fátima Fadel

Atualização ortográfica
Adriana Moreira Pedro

CIP-Brasil. Catalogação na fonte
Sindicato Nacional dos Editores de Livros, RJ.

M944m
    Murakami, Haruki
    Minha querida Sputnik / Haruki Murakami ; tradução Ana Luiza Dantas Borges. – 1ª ed. – Rio de Janeiro : Alfaguara, 2008.

    Título original: Sputnik Sweetheart.
    ISBN 978-85-60281-50-3

    1. Romance japonês. I. Borges, Ana Luiza Dantas. II. Título.

08-1234
    CDD: 895.63
    CDU: 821.521-3

Todos os direitos desta edição reservados à
EDITORA SCHWARCZ S.A.
Praça Floriano, 19, sala 3001 — Cinelândia
20031-050 — Rio de Janeiro — RJ
Telefone: (21) 3993-7510
www.companhiadasletras.com.br
www.blogdacompanhia.com.br
facebook.com/alfaguara.br
instagram.com/editora_alfaguara
twitter.com/alfaguara_br

Sputnik

Em 4 de outubro de 1957, a União Soviética lançou o primeiro satélite do mundo construído pelo homem, o *Sputnik I,* do Baikanor Space Center, na República do Cazaquistão. O *Sputnik* media 58 centímetros de diâmetro, pesava 83,6 quilos e completou a órbita da Terra em 96 minutos e 12 segundos.
    Em 3 de novembro do mesmo ano, o *Sputnik II* foi lançado com sucesso, com a cadela Laika a bordo. Laika tornou-se o primeiro ser vivo a sair da atmosfera da Terra, mas o satélite nunca foi recuperado, e Laika acabou sacrificada em nome da pesquisa biológica no espaço.
    — Extraído de *The Complete Chronicle of World History*

1

Na primavera de seu vigésimo segundo ano, Sumire apaixonou-se pela primeira vez. Um amor intenso, um verdadeiro tornado que varre planícies — aplanando tudo em seu caminho, lançando coisas para o ar, deixando-as em frangalhos, triturando-as. A intensidade do tornado não abranda nem por um segundo, enquanto sua rajada atravessa o oceano, destruindo Angkor Wat, incinerando a selva indiana, tigres e tudo, transformando-se em uma tempestade de areia no deserto persa, sepultando uma exótica cidade-fortaleza sob um mar de areia. Em resumo, um amor de proporções realmente monumentais. A pessoa por quem Sumire se apaixonou era, por acaso, dezessete anos mais velha do que ela. E casada. E, devo acrescentar, era uma mulher. Foi aí que tudo começou, e onde tudo acabou. *Quase.*

Na época, Sumire — "Violeta" em japonês — concentrava todos os seus esforços em se tornar uma escritora. Não importa quantas opções a vida colocasse em seu caminho, era romancista ou nada. A sua determinação era um rochedo de Gibraltar. Nada se interpunha entre ela e sua fé na literatura.

Depois de se graduar em uma escola pública na Prefeitura de Kanagawa, entrou para o departamento de artes liberais de uma pequena e acolhedora universidade particular em Tóquio. Achou a faculdade completamente desinformada, um lugar insípido, desanimado, e a detestou — e achou seus colegas (que, receio, incluíam a mim) extremamente maçantes, espécimes de segunda classe. Não é de admirar, portanto, que logo antes de seu terceiro ano, ela simplesmente tenha abandonado o curso. Permanecer ali por mais tempo, concluiu, era perda de tempo. Acho que foi a atitude certa, mas, se me permitem uma generalização medíocre, as coisas inúteis também não têm um lugar neste mundo longe de ser perfeito? Retire tudo que é fútil de uma vida imperfeita e ela perderá, até mesmo, sua imperfeição.

Sumire era uma romântica incurável, aferrada a seus hábitos — um pouco inocente, para citar algo simpático. Se começava a falar, não parava mais, porém se estava com alguém de quem não gostava — em outras palavras, a maioria das pessoas no mundo —, mal abria a boca. Fumava demais, e podíamos ter sempre certeza de que perderia o bilhete ao pegar o trem. Às vezes, ficava tão absorta em seus próprios pensamentos que se esquecia de comer, e era tão magra quanto um desses órfãos de guerra em filme italiano antigo — como uma vara com olhos. Adoraria mostrar-lhes uma foto dela, mas não tenho nenhuma. Ela detestava que a fotografassem — nenhum desejo de deixar para a posteridade um *Retrato de um(a) artista quando jovem*. Se houvesse uma fotografia de Sumire tirada nessa época, não tenho dúvida de que seria um registro valioso de como certas pessoas são especiais.

  Estou misturando a ordem dos eventos. O nome da mulher por quem Sumire se apaixonou era Miu. Pelo menos era assim que todos a chamavam. Não sei o seu nome verdadeiro, fato que, mais tarde, causou problemas, mas, de novo, estou me adiantando. Miu era de nacionalidade coreana, mas até decidir estudar coreano, quando estava com vinte e poucos anos, não falava uma palavra dessa língua. Nasceu e foi criada no Japão e estudou em uma academia de música na França, de modo que era fluente em francês e inglês, além de japonês. Estava sempre bem-vestida, de uma maneira refinada, com acessórios caros, embora sóbrios, e dirigia um Jaguar azul-marinho, doze cilindros.

Quando Sumire conheceu Miu, falou com ela sobre os romances de Jack Kerouac. Sumire era louca por Kerouac. Sempre tinha um Ídolo Literário do Mês, e, nesse momento, acontecia de ser o fora de moda Kerouac. Ela levava um exemplar, com folhas marcadas, de *On the Road* ou *Lonesome Traveler* enfiado no bolso de seu casaco, folheando-o sempre que tinha chance. Toda vez que se deparava com frases de que gostava, assinalava-as com lápis e as memorizava como se fossem a Escritura Sagrada. As suas preferidas eram da parte que tratava da vigilância do fogo, em *Lonesome Traveler*. Kerouac passou três meses no cume de uma montanha elevada, trabalhando como vigilante do fogo. Sumire gostava especialmente da seguinte passagem:

Nenhum homem deve passar pela vida sem experimentar uma vez a saudável, ainda que entediante, solidão no ermo, dependendo exclusivamente de si mesmo e, assim, descobrindo a sua força oculta e verdadeira.

— Não gosta disso? — disse ela. — Todo dia, no alto de uma montanha, varrendo trezentos e sessenta graus, checando se há algum incêndio. E pronto. Encerrou por aquele dia. O resto do tempo pode ler, escrever, o que quiser. À noite, ursos sujos rondando a sua cabana. Vida é isso! Comparando, estudar literatura em universidade é como morder o lado mais amargo do pepino.

— Certo — repliquei —, mas um dia vai ter de descer da montanha. — Como sempre, minhas opiniões práticas, triviais, não a surpreenderam.

Sumire queria ser como um personagem de um romance de Kerouac — selvagem, fria, devassa. Andava por aí com as mãos enfiadas no fundo do bolso do casaco, o cabelo despenteado, olhando apaticamente para o céu através de seus óculos de armação preta de plástico, que usava apesar de sua vista perfeita. Estava, invariavelmente, vestida com um paletó espinha de peixe, de tamanho bem maior que o seu manequim, comprado em uma loja de roupas usadas, e um par de coturnos. Se houvesse um jeito de ela ter barba, estou certo de que a teria.

Sumire não era exatamente uma beldade. Suas bochechas eram encovadas, a boca um pouco larga demais. O nariz era pequeno e arrebitado. Tinha o rosto expressivo e um grande senso de humor, se bem que nunca tivesse dado uma gargalhada. Era baixa e, mesmo de bom humor, falava como se estivesse a meio passo de provocar uma briga. Nunca soube que tivesse usado batom ou lápis nas sobrancelhas, e tenho cá minhas dúvidas de que ela soubesse que os sutiãs vinham em tamanhos diferentes. Ainda assim, Sumire era, de certa forma, especial, tinha algo que atraía as pessoas. Definir esse algo especial não é fácil, mas quando se olhava fixo em seus olhos, sempre o percebíamos, refletido bem lá no fundo.

Bem, não há por que não ser franco. Eu era apaixonado por Sumire. Senti-me atraído por ela desde a primeira vez que conversamos, e logo não teve mais volta. Durante muito tempo, ela foi a única coisa em que eu conseguia pensar. Tentei dizer-lhe como me sentia, mas, não sei por quê, o sentimento e as palavras certas não conseguiram se conectar. Talvez tenha sido melhor assim. Se eu tivesse sido capaz de expor os meus sentimentos, ela teria rido de mim.

Quando eu e Sumire éramos amigos, eu saía com duas ou três outras garotas. Não é que não me lembre do número exato. Duas, três — depende de como se conta. Acrescentando a essas as garotas com quem dormi uma ou duas vezes, a lista ficaria um pouco maior. De qualquer jeito, enquanto fazia amor com essas outras garotas, eu pensava em Sumire. Ou, pelo menos, esse pensamento roçava um canto de minha mente. Eu me imaginava segurando-a. Coisa meio de *caddy*,* mas não conseguia evitar.

Agora, vou voltar a como Sumire e Miu se conheceram.
    Miu ouvira falar em Jack Kerouac e tinha uma vaga noção de que ele era romancista de um certo tipo. De que tipo ela não se lembrava.
    — Kerouac... Humm... Não era um Sputnik?
Sumire não entendeu o que ela quis dizer. Garfo e faca no ar, refletiu um pouco.
    — Sputnik? Refere-se ao satélite que os soviéticos lançaram na década de cinquenta? Jack Kerouac foi um romancista americano. Acho que realmente coincidiram em termos de geração...
    — Não é assim que chamavam os escritores na época? — perguntou Miu. Traçou, com a ponta do dedo, um círculo sobre a mesa, como se remexesse em uma jarra especial, cheia de recordações.
    — Sputnik...?
    — O nome de um movimento literário. Você sabe... como classificam os escritores nas diversas escolas literárias. Como Shiga Naoya era na White Birch School.
    Por fim, Sumire começou a entender.
    — *Beatnik!*
Miu delicadamente limpou o canto da boca com o guardanapo.

---

* Carregador de tacos de golfe. (N. E.)

— Beatnik. Sputnik. Nunca me lembro desse tipo de termo. É como o Kenmun Restoration ou o Tratado de Rapallo. História antiga.

Um silêncio delicado desceu sobre elas, sugestivo do fluxo do tempo.

— Tratado de Rapallo? — perguntou Sumire.

Miu sorriu. Um sorriso nostálgico, íntimo, como um bem antigo, precioso, tirado do fundo de uma gaveta. Seus olhos estreitaram-se de uma maneira definitivamente encantadora. Estendeu o braço e, com seus dedos longos e finos, despenteou delicadamente o já embaraçado cabelo de Sumire. Foi um gesto de tal modo repentino, ainda que natural, que Sumire não pôde fazer outra coisa senão devolver o sorriso.

A partir desse dia, o nome particular de Sumire para Miu foi Querida Sputnik. Sumire adorou o som da expressão. Fazia com que pensasse em Laika, a cadela. O satélite feito pelo homem riscando a negritude do espaço sideral. Os olhos escuros, brilhantes, da cadela olhando fixo pela janela minúscula. Na solidão infinita do espaço, para o que a cadela poderia estar olhando?

Essa conversa Sputnik aconteceu na recepção do casamento do primo de Sumire em um hotel sofisticado em Akasaka. Sumire não era particularmente próxima de seu primo; de fato, não se davam nem um pouco bem. Era uma tortura para ela comparecer a esse tipo de recepção, mas não pôde deixar de ir. Ela e Miu estavam sentadas lado a lado a uma das mesas. Miu não entrou em detalhes, mas parece que havia dado aulas de piano a seu primo — ou algo no gênero —, quando ele ia fazer o exame de admissão para o departamento de música da universidade. Não era uma relação de muito tempo nem muita íntima, evidentemente, mas Miu sentiu-se na obrigação de comparecer.

No instante em que Miu tocou em seu cabelo, Sumire se apaixonou, como se estivesse atravessando um campo e, *bang!*, um raio caísse direto em sua cabeça. Algo parecido com uma revelação artística. Foi por isso que, a essa altura, não tinha importância para ela que a pessoa por quem se apaixonasse fosse uma mulher.

Acho que Sumire nunca teve o que se chama de um amante. No ensino médio, teve poucos namorados, garotos com quem ia ao cinema ou nadar. Não consigo imaginar nenhuma dessas relações se aprofundando mais que isso. Sumire estava excessivamente concentrada em se tornar uma romancista para realmente se apaixonar por alguém. Se, na escola, chegou a experimentar o sexo — ou algo próximo a isso —, tenho certeza de que foi menos por desejo sexual ou amor do que por curiosidade literária.

— Para ser totalmente franca, o desejo sexual me confunde — Sumire me disse uma vez, fazendo uma cara pensativa. Isso foi logo antes de ela deixar a faculdade, creio eu; ela tinha tomado cinco daiquiris de banana e estava bêbada. — Sabe... como acontece. Como você entende isso?

— O desejo sexual não é uma coisa para se entender — disse eu, dando a minha opinião moderada de sempre. — Simplesmente *acontece*.

Ela me observou atentamente por um certo tempo, como se eu fosse uma máquina movida por uma fonte de energia até então desconhecida. Perdendo o interesse, olhou para o teto, e a conversa minguou. Não adianta falar *disso* com ele, ela deve ter concluído.

Sumire tinha nascido em Chigasaki. Sua casa ficava perto do litoral e ela cresceu com o ruído seco do vento cheio de areia soprando contra as suas janelas. Seu pai dirigia uma clínica dentária em Yokohama. Era extraordinariamente bonito, seu nariz perfeito lembrando o de Gregory Peck em *Quando fala o coração*. Nem Sumire nem seu irmão, segundo ela, herdaram o belo nariz. Sumire achava surpreendente que os genes que tinham produzido esse nariz tivessem desaparecido. Se eles, realmente, estivessem enterrados no fundo do lago dos genes, o mundo seria um lugar mais triste. Esse nariz era belo assim.

O pai de Sumire foi uma figura quase mítica para as mulheres na região de Yokohama que precisavam de tratamento dentário. Na sala de exames, ele sempre usava a boina cirúrgica e uma grande máscara, de modo que a única coisa que o paciente via era um par de olhos e de orelhas. Mesmo assim, era óbvio como era atraente. Seu belo nariz viril dilatava-se insinuantemente sob a máscara, fazendo corar suas pacientes. Em um instante — se o plano de saúde cobria os custos não estava em questão —, elas se apaixonavam.

A mãe de Sumire faleceu de uma deficiência cardíaca congênita quando tinha somente trinta e um anos. Sumire mal completara três. A única recordação de sua mãe era vaga, do cheiro de sua pele. Restaram apenas algumas fotografias dela — uma foto posada, tirada em seu casamento, e um instantâneo tirado logo após o nascimento de Sumire. Sumire costumava pegar o álbum de fotografias e olhar as fotos. A sua mãe era — para não dizer outra coisa — uma pessoa que passava totalmente despercebida. O corte de cabelo curto, comum, roupas que faziam com que a gente se perguntasse no que ela poderia estar pensando, um sorriso constrangido. Se ela desse um passo para trás, se fundiria com a parede. Sumire estava decidida a gravar o rosto de sua mãe em sua memória. Desse modo, um dia, poderia encontrá-la em seus sonhos. Apertariam as mãos e bateriam um bom papo. Mas as coisas não eram tão fáceis assim. Por mais que se esforçasse para se recordar, seu rosto logo desapareceu. Melhor deixar o sonho de lado — se Sumire passasse por ela na rua, em plena luz do dia, não a reconheceria.

O pai de Sumire quase nunca falava em sua falecida esposa. Para começar, ele não era um homem loquaz, em nenhum aspecto da vida, e nunca falava de seus sentimentos — como se fossem uma espécie de infecção na boca que ele quisesse evitar pegar. Sumire não tinha nenhuma lembrança de, algum dia, ter perguntado a seu pai sobre sua mãe. Exceto uma vez, quando ainda era muito pequena. Por algum motivo, ela lhe perguntou: "Como era a minha mãe?". Lembrava-se claramente dessa conversa.

Seu pai desviou o olhar e refletiu por um momento antes de responder: "Ela era boa em se lembrar das coisas", disse ele. "E tinha uma letra bonita."

Uma maneira estranha de descrever uma pessoa. Sumire esperava com ansiedade, a primeira página em branco de seu caderno de anotações aberta, por palavras alentadoras que pudessem ser uma fonte de calor e conforto — um pilar, um eixo, para ajudar a sustentar a sua vida aqui, neste terceiro planeta a partir do Sol. Seu pai deveria ter dito alguma coisa em que sua filha pequena pudesse se segurar. Mas o belo pai de Sumire não estava disposto a falar essas palavras, as palavras de que ela mais precisava.

O pai de Sumire casou-se pela segunda vez quando ela tinha seis anos e, dois anos depois, nasceu seu irmão. Sua nova mãe tampouco era bonita. Além disso, não era tão boa em se lembrar das coisas nem a letra era lá muito bonita. Mas era uma pessoa gentil e generosa. Foi uma sorte para a pequena Sumire, a nova enteada. Não, *sorte* não é a palavra adequada. Afinal, seu pai tinha escolhido a mulher. Ele pode não ter sido o pai ideal, mas, quando se tratava de escolher uma companheira, sabia o que estava fazendo.

O amor de sua madrasta por ela nunca vacilou durante os longos e difíceis anos de sua adolescência, e quando

Sumire declarou que ia abandonar a faculdade e escrever romances, ela — embora tivesse uma opinião pessoal sobre o assunto — respeitou seu desejo. Ela sempre achara bom que Sumire gostasse tanto de ler e a estimulara em seus esforços literários.

Sua madrasta acabou convencendo seu pai e decidiram que, até ela completar vinte e oito anos, eles lhe dariam uma pequena mesada. Se, então, ela não conseguisse viver de escrever, teria de se virar por conta própria. Se sua madrasta não tivesse interferido em sua defesa, Sumire talvez tivesse sido jogada — sem um tostão, e sem o manejo social necessário — no deserto de uma realidade, de certa forma, sem senso de humor. A Terra, afinal, não range e geme ao traçar seu caminho em volta do Sol, de modo que os seres humanos possam se divertir e rir.

Sumire conheceu sua Querida Sputnik pouco mais de dois anos depois de ter deixado a universidade.

Sumire vivia em um conjugado em Kichijoji, onde se virava com um mínimo de móveis e o máximo de livros. Levantava-se ao meio-dia, e à tarde, com o mesmo entusiasmo de um peregrino percorrendo seu caminho por montanhas sagradas, dava uma volta no parque Inogashira. Nos dias de sol, sentava-se em um banco no parque, comia pão, fumava um cigarro atrás do outro, lia. Nos dias chuvosos ou frios, ia para um café antiquado, onde se tocava música clássica a todo o volume, afundava-se em um sofá gasto e lia seus livros, a expressão séria enquanto ouvia as sinfonias de Schubert, as cantatas de Bach. À noite, tomava uma cerveja e comprava, para o seu jantar, comida pronta no supermercado.

Por volta das onze da noite, instalava-se à sua mesa. Sempre havia uma garrafa térmica cheia de café quente, uma caneca (que lhe dei em seu aniversário, com a imagem de Snafkin), um maço de Marlboro e um cinzeiro de vidro.

É claro que também tinha um processador de texto. Cada tecla com sua própria letra.

Seguia-se um profundo silêncio. Sua mente ficava tão clara quanto um céu noturno de inverno, a Ursa Maior e a Estrela Polar em seus devidos lugares, cintilando intensamente. Tinha tantas coisas a escrever, tantas histórias a contar. Se encontrasse a saída certa, pensamentos e ideias apaixonadas jorrariam como lava, solidificando-se em uma corrente regular de obras inventivas, que o mundo jamais tinha visto. Os olhos das pessoas se esbugalhariam diante da estreia súbita dessa Jovem Escritora Promissora de Raro Talento. Uma foto sua, sorrindo indiferente, seria publicada na seção de arte do jornal, e choveriam editores na sua porta.

Mas nunca aconteceu nada assim. Sumire escreveu algumas obras que tinham um começo. E algumas que tinham um fim. Mas nunca uma que tivesse começo e fim.

Não que ela sofresse do bloqueio do escritor. Longe disso — ela escrevia sem parar, tudo que vinha à sua cabeça. O problema era que escrevia demais. A impressão que dava era de que só precisava cortar as partes excessivas e pronto, mas as coisas não eram tão fáceis assim. Ela nunca conseguia decidir — o que era necessário e o que não era. No dia seguinte, quando relia o que havia imprimido, cada frase parecia absolutamente essencial. Ou então, apagava tudo. Às vezes, em desespero, rasgava em pedacinhos o manuscrito e confiava tudo ao lixo. Se fosse noite de inverno e houvesse uma lareira, certamente haveria com que aquecê-la — imaginem uma cena de *La Bohème* —, mas no apartamento de Sumire não só não tinha lareira como também não tinha telefone. Sem falar em um espelho decente.

Nos fins de semana, Sumire aparecia no meu apartamento, esboços de seus romances quase caindo de seus braços — os manuscritos afortunados que tinham escapado do massacre. Ainda assim, formavam uma pilha incrível. Sumire só mostrava seus manuscritos a uma única pessoa no mundo. A mim.

Na universidade, eu estava dois anos na sua frente, e os nossos créditos eram diferentes, portanto não havia muitas chances de nos encontrarmos. Nós nos conhecemos por puro acaso. Em uma segunda-feira de maio, um dia depois de uma série de feriados, eu estava no ponto de ônibus em frente ao portão principal da faculdade, lendo um romance de Paul Nizan que tinha descoberto em um sebo. Uma garota baixa do meu lado inclinou-se sobre o livro, deu uma olhada nele e me perguntou: "Por que logo *Nizan*?". Seu tom era o de alguém que queria provocar uma briga. Como se quisesse chutar alguma coisa e mandá-la pelos ares, mas que, na falta de algo que servisse, atacasse a minha escolha de leitura.

Sumire e eu éramos muito parecidos. Devorar livros era tão natural para nós quanto respirar. Cada momento de folga, nos instalávamos em um canto quieto, virando páginas interminavelmente. Romances japoneses, romances estrangeiros, obras novas, clássicos, obras de vanguarda a best-sellers — contanto que houvesse algo intelectualmente estimulante em um livro, o líamos. Fazíamos ponto em livrarias, passando dias inteiros folheando livros em Kanda, a meca dos sebos de Tóquio. Nunca me deparei com alguém que lesse tão vorazmente — tão profundamente, tão amplamente — quanto Sumire, e estou certo de que ela sentia o mesmo em relação a mim.

Formei-me na época em que ela deixou a faculdade e, depois disso, ela aparecia lá em casa duas ou três vezes por mês. Ocasionalmente, eu ia ao seu apartamento, porém mal dava para duas pessoas se espremerem lá dentro, e por isso era ela que quase sempre ia ao meu. Conversávamos sobre os romances que tínhamos lido e trocávamos livros. Preparei um bocado de jantares. Eu não me importava de cozinhar, e Sumire era do tipo que prefere passar fome a ter de cozinhar. Como agradecimento, levava presentes de seus empregos de meio expediente. Certa vez, trabalhou meio expediente em um laboratório de produtos médicos e farmacêuticos e me levou seis dúzias de camisinhas. Provavelmente tinham sido roubadas do fundo de alguma gaveta.

Os romances — ou, na verdade, fragmentos de romances — que Sumire escrevia eram tão terríveis quanto ela achava. De fato, às vezes, o seu estilo parecia uma colcha de retalhos costurada por um grupo de velhas teimosas, cada uma com seu próprio gosto e queixas, trabalhando em um silêncio soturno. Acrescente-se a isso a sua personalidade, às vezes, maníaco-depressiva, e, ocasionalmente, as coisas escapavam do controle. Como se isso não fosse o bastante, Sumire estava completamente determinada a criar um Romance Completo no estilo do século XIX, uma espécie de mala cheia de todos os fenômenos possíveis para capturar a alma e o destino humano.

Isso dito, a escrita de Sumire tinha um extraordinário frescor, uma tentativa de retratar francamente o que era importante para ela. Além do mais, ela não tentava imitar o estilo de ninguém, e não tentava destilar tudo em algumas pequenas peças preciosas, inteligentes. Era disso que eu mais gostava. Não seria certo reduzir o poder direto de sua escrita só para que assumisse uma forma agradável, confortável. Não havia necessidade de pressa. Ela ainda tinha muito tempo para digressões. Como reza o ditado: "O apressado come cru".

— A minha cabeça é como um celeiro absurdo, cheio de coisas sobre o que eu quero escrever — disse Sumire. — Imagens, cenas, pedaços de palavras... na minha mente, todos estão brilhando, todos estão vivos. *Escreva!*, gritam para mim. Uma grande história está prestes a nascer, posso senti-la. Ela me transportará para um lugar totalmente novo. O problema é que, quando me sento à mesa e ponho tudo no papel, percebo que está faltando algo vital. Não cristaliza. Nenhum cristal, somente seixos. E não sou transportada a lugar nenhum.

Franzindo o cenho, Sumire pegou a sua ducentésima quinquagésima pedra e a lançou no lago.

— Talvez esteja me faltando alguma coisa. Alguma coisa que necessariamente se deve ter para ser um romancista.

Seguiu-se um profundo silêncio. Parecia que estava pedindo a minha humilde opinião.

Depois de algum tempo, comecei a falar.

— Muito tempo atrás, na China, havia cidades circundadas por muros altos, com portões enormes, suntuosos. Os portões não eram apenas portas que permitiam a entrada ou saída das pessoas. Eles tinham uma grande importância. As pessoas acreditavam que a alma da cidade residia nos portões. Ou que, pelo menos, *deveria* ali residir. Como na Europa, na Idade Média, quando as pessoas sentiam que o coração da cidade ficava em sua catedral e na praça central. Por isso, até hoje, na China, há uma porção de portões maravilhosos ainda de pé. Sabe como os chineses construíam esses portões?

— Não faço a menor ideia — respondeu Sumire.

— As pessoas levavam carretas aos campos em que se travaram batalhas e coletavam os ossos descorados que haviam sido enterrados ou que se espalhavam por ali. A China é uma bonita região, um monte de antigos campos de batalhas, por isso nunca precisaram buscar muito longe.

Na entrada da cidade, construíam um portão imenso e o vedavam com os ossos dentro. Esperavam que, homenageando-os dessa maneira, os soldados mortos continuariam a proteger a sua cidade. E tem mais. Quando o portão era concluído, levavam vários cachorros, cortavam suas gargantas e borrifavam o portão com seu sangue. Somente misturando sangue fresco com ossos exangues, a alma antiga dos mortos reviveria magicamente. Pelo menos, essa era a ideia.

Sumire esperou em silêncio que eu prosseguisse.

— Escrever romances é a mesma coisa. Juntam-se os ossos e faz-se o portão, porém não importa o quão maravilhoso se torne, só isso não o torna um romance vivo, que respira. Uma história não é algo deste mundo. Uma verdadeira história requer uma espécie de batismo mágico para ligar o mundo deste lado ao mundo do *outro* lado.

— O que está querendo dizer é que devo partir sozinha e encontrar o meu próprio cachorro?

Concordei com um movimento da cabeça.

— E derramar sangue fresco?

Sumire mordeu o lábio e refletiu. Lançou outra pedra impotente no lago.

— Eu realmente não quero matar um animal, se puder evitá-lo.

— É uma metáfora — disse eu. — Não precisa matar de verdade coisa nenhuma.

Estávamos sentados, como sempre, lado a lado no parque Inogashira, em seu banco favorito. O lago estendia-se à nossa frente. Era um dia sem vento. As folhas ficavam onde caíam, coladas na superfície da água. Eu sentia o cheiro de uma fogueira a distância. O ar estava perfumado com a fragrância do fim do outono, e sons longínquos eram perfeitamente audíveis.

— Do que você precisa é de tempo e experiência — eu disse.

— Tempo e experiência — refletiu Sumire, e olhou para o céu. — Não há muito o que se possa fazer em relação ao tempo. Simplesmente ele está sempre passando. Mas a experiência? Não me fale dela. Não que tenha orgulho disso, mas não sinto nenhum desejo sexual. E que tipo de experiência pode ter uma escritora, se ela não sente paixão? Seria como um mestre-cuca sem apetite.

— Não sei aonde foi seu desejo sexual — disse eu. — Talvez esteja se escondendo. Ou tenha viajado e se esquecido de voltar para casa. Mas se apaixonar sempre é uma coisa muito louca. Pode acontecer inesperadamente e, simplesmente, arrebatá-la. Quem sabe... talvez, até mesmo, amanhã.

Sumire desviou o olhar do céu para o meu rosto.

— Como um tornado?

— Se você diz.

Ela pensou sobre isso.

— Já chegou a ver um tornado de verdade?

— Não — repliquei. Graças a Deus, Tóquio não era exatamente uma Alameda de Tornados.

Aproximadamente meio ano depois, exatamente como eu havia predito, de súbito, absurdamente, um amor do tipo tornado arrebatou Sumire. Por uma mulher dezessete anos mais velha. A sua Querida Sputnik.

Quando Sumire e Miu se sentaram juntas à mesa na recepção de casamento, fizeram o que qualquer pessoa no mundo faria em tal situação, isto é, apresentaram-se uma à outra. Sumire detestava seu próprio nome e tentava omiti-lo sempre que podia. Mas, quando alguém pergunta o seu nome, a única coisa educada a fazer é ir em frente e dizê-lo.

Segundo seu pai, havia sido sua mãe que escolhera Sumire. Ela adorava a música de Mozart com esse nome e decidira, tempos antes, que, se tivesse uma filha, a chamaria assim. Na estante da sala havia um disco de Mozart, sem dúvida o que sua mãe ouvia. Quando era criança, Sumire colocava o pesado LP na placa giratória e ouvia a música várias vezes. Elisabeth Schwarzkopf era a soprano, Walter Gieseking ao piano. Sumire não entendia a letra, mas, a partir do motivo gracioso, tinha certeza de que a música era uma exaltação às belas violetas que floresciam em um campo. Sumire adorava essa imagem.

No entanto, no ginásio, ela se deparou com a tradução da música para o japonês na biblioteca da escola e ficou chocada. A letra falava da insensível filha de um pastor pisando uma desafortunada violeta em um campo. A garota sequer notou que tinha esmagado a flor. Era baseado em um poema de Goethe, e Sumire não achou nada de redentor na história, nenhuma lição a ser aprendida.

— Como a minha mãe pode ter-me dado um nome tão terrível? — disse Sumire, franzindo o cenho.

Miu ajeitou as pontas do guardanapo no colo, sorriu com neutralidade e olhou para Sumire. Os olhos de Miu eram pretos. Várias cores misturadas, mas eram límpidos.

— Acha a música bonita?

— Sim, a música, em si, é bonita.

— Se a música é linda, acho que isso deveria bastar. Afinal, nem tudo neste mundo pode ser belo, certo? Sua mãe deve ter gostado tanto da música que a letra não a incomodou. E, além do mais, se você continuar a fazer essa cara, vai adquirir rugas permanentes.

Sumire permitiu-se relaxar o cenho.

— Talvez você tenha razão, mas é que fiquei tão decepcionada. Quer dizer, a única coisa palpável que minha mãe me deixou foi esse nome. Além de *mim mesma*, é claro.

— Bem, eu acho Sumire um nome adorável. Gosto muito — disse Miu e inclinou, levemente, a cabeça, como se para ver as coisas de um novo ângulo. — A propósito, seu pai está aqui, na recepção?

Sumire olhou em volta. O salão era grande, mas seu pai era alto e ela o localizou com facilidade. Estava sentado duas mesas adiante, o rosto virado para o lado, conversando com um homem baixo, idoso, em traje de luto. O seu sorriso era tão confiante e afetuoso que derreteria até mesmo uma geleira. Sob a luz dos castiçais, seu belo nariz erguia-se suavemente, como um camafeu rococó, e até mesmo Sumire, que estava acostumada a vê-lo, comoveu-se com a sua beleza. Seu pai ajustava-se perfeita e genuinamente a esse tipo de reunião. Sua mera presença conferia ao lugar uma atmosfera suntuosa. Como flores em um vaso grande ou uma comprida limusine bem preta.

Quando Miu olhou disfarçadamente para o pai de Sumire, ficou sem fala. Sumire ouviu sua inalação. Como o som de uma cortina de veludo aberta em uma manhã tranquila, para deixar a luz do sol despertar alguém muito especial. Talvez eu devesse ter trazido binóculos, refletiu. Mas estava acostumada com a reação dramática que a aparência de seu pai provocava nas pessoas — especialmente em mulheres de meia-idade. O que é a beleza? Que valor tem? Sumire sempre achou isso estranho. Mas ninguém nunca lhe respondeu. Provocava sempre esse mesmo efeito, imutável.

— Como é ter um pai tão bonito? — perguntou Miu. — Só por curiosidade.

Sumire deu um suspiro. As pessoas eram tão previsíveis.

— Não posso dizer que goste disso. Todo mundo acha a mesma coisa: que homem bonito! Um verdadeiro gato. Mas a sua filha, bem... não tem muito o que olhar nela, não é? Deve ser o que chamam de *atavismo,* pensam.

Miu virou-se para ela, puxou seu queixo ligeiramente e olhou seu rosto com atenção. Como se estivesse admirando um quadro em uma galeria de arte.

— Se é assim que se tem sentido até hoje, tem sentido errado — disse Miu. — Você é encantadora. Tanto quanto seu pai. — Estendeu a mão e, sem a menor afetação, tocou levemente na mão de Sumire, que estava sobre a mesa. — Não se dá conta de como é atraente.

O rosto de Sumire ficou quente. Seu coração galopou tão ruidosamente quanto um cavalo enlouquecido em uma ponte de madeira.

Depois disso, Sumire e Miu ficaram absortas em sua própria conversa. A recepção estava animada, com o sortimento de discursos de sempre após o jantar (inclusive do pai de Sumire), e o menu era excelente. Mas nem um tantinho disso ficou na memória de Sumire. A entrada foi carne? Ou peixe? Ela usou garfo e faca e tomou cuidado com suas maneiras? Ou comeu com as mãos e lambeu o prato? Sumire não tinha a menor ideia.

As duas conversaram sobre música. Sumire era uma grande fã de música clássica e, desde pequena, gostava de fuçar a coleção de discos de seu pai. Ela e Miu tinham o mesmo gosto musical, acabaram descobrindo. As duas gostavam de piano e estavam convencidas de que a *Sonata nº 32* de Beethoven era o ápice absoluto na história da música. E que a incomparável gravação dessa sonata por Wilhelm Backhaus, para a Decca, estabelecia o padrão interpretativo. Que coisa mais prazerosa, vibrante e alegre!

As gravações monofônicas de Chopin por Vladimir Horowitz, especialmente os scherzos, são emocionantes, não? As interpretações de Friedrich Gulda dos prelúdios de Debussy são espirituosas e adoráveis. O Grieg de Gieseking é, do início ao fim, doce. Vale a pena ouvir o Prokofiev de Sviatoslav Richter repetidamente. A sua interpretação capta, com exatidão, as mudanças rápidas de humor. E as sonatas de Mozart por Wanda Landowska, tão cheias de calor e ternura que é difícil entender por que não foram mais aclamadas.

— O que você faz? — perguntou Miu, depois de concluída a conversa sobre música.

Larguei a faculdade, explicou Sumire, e trabalho meio expediente enquanto desenvolvo meus romances. Que tipo de romances?, perguntou Miu. É difícil explicar, replicou Sumire. Bem, disse Miu, então que tipo de romances você gosta de ler? Se eu listasse todos, ficaríamos aqui para sempre, disse Sumire. Ultimamente, tenho lido Jack Kerouac.

E foi aí que a parte Sputnik da conversa começou.

Exceto alguma ficção leve para passar o tempo, Miu não tocava em romances. Não consigo tirar da cabeça que é tudo inventado, explicou, por isso não consigo sentir nenhuma empatia com os personagens. Sempre fui desse jeito. Por isso a sua leitura limitava-se a livros que tratavam a realidade como realidade. Livros, em sua maioria, que a ajudavam em seu trabalho.

Que tipo de trabalho você faz?, perguntou Sumire.

— Geralmente tem a ver com países estrangeiros — disse Miu. — Treze anos atrás, assumi a firma comercial que meu pai dirigia, já que eu era a filha mais velha. Estudei para ser pianista, mas meu pai faleceu de câncer e minha mãe não era forte fisicamente, além de não falar o japonês muito bem. Meu irmão ainda estava no ensino médio, de modo que decidimos que, por enquanto, eu cuidaria da empresa. Vários parentes dependiam da empresa para viver, portanto eu não podia, simplesmente, deixar que se arruinasse.

Pontuou tudo isso com um suspiro.

— A empresa de meu pai importava, originalmente, alimentos secos e ervas medicinais da Coreia, mas agora negocia uma grande variedade de coisas. Até mesmo acessórios de computadores. Continuo oficialmente como a presidente da companhia, mas o meu marido e o meu irmão mais novo a assumiram, de modo que não preciso ir ao escritório com muita frequência. Agora, tenho o meu próprio negócio.

— Fazendo o quê?

— Importo vinho, principalmente. Ocasionalmente, também organizo concertos. Viajo muito para a Europa, já que esse tipo de negócio depende de conexões pessoais. É por isso que sou capaz de, sozinha, competir com algumas firmas importantes. Mas todo esse trabalho de estabelecer relações profissionais absorve muito tempo e energia. Mas isso é assim mesmo, suponho... — Ergueu os olhos, como se acabasse de se lembrar de alguma coisa. — A propósito, você fala inglês?

— Falar inglês não é a minha melhor qualidade, mas falo, acho. Em compensação, adoro ler inglês.

— Sabe usar o computador?

— Não, realmente, mas tenho usado um processador de texto, e estou certa que posso melhorar.

— E dirigir?

Sumire negou balançando a cabeça. No ano em que começou a faculdade, tentou entrar de ré com a caminhonete Volvo de seu pai na garagem e amassou a porta em uma coluna. Desde então, não dirigira mais.

— Está bem. Pode explicar em, no máximo, duzentas palavras a diferença entre um signo e um símbolo?

Sumire ergueu o guardanapo do colo, limpou delicadamente a boca e tornou a colocá-lo no colo. Aonde essa mulher queria chegar?

— Um signo e um símbolo?

— Nada especial. É apenas um exemplo.

Sumire, de novo, balançou a cabeça.
— Não faço ideia.
Miu sorriu.
— Se não se importa, gostaria que me dissesse que tipo de habilidades tem. No que é, especialmente, boa. Além de ler um monte de romances e ouvir música.

Sumire pôs, calmamente, o garfo e a faca no prato, olhou fixamente o espaço anônimo sobre a mesa e considerou a pergunta.

— Em vez de dizer em que sou boa, talvez seja mais fácil listar as coisas em que não sou. Não consigo cozinhar nem limpar a casa. O meu quarto é uma bagunça, e estou sempre perdendo as coisas. Adoro música, mas não consigo cantar uma nota sequer. Sou desajeitada e mal consigo dar um ponto com a agulha de costurar. O meu senso de direção é o fim, e confundo a direita com a esquerda quase o tempo todo. Quando me irrito, tendo a quebrar coisas. Pratos e lápis, despertadores. Depois, me arrependo, mas na hora não consigo me controlar. Não tenho dinheiro no banco. Retraio-me sem motivos, e quase não tenho amigos com quem conversar.

Sumire respirou e prosseguiu:
— No entanto, posso digitar rápido. Não sou atlética, mas, tirando caxumba, nunca fiquei doente em toda a minha vida. Sou sempre pontual, nunca me atraso para um compromisso. Como quase de tudo. Nunca assisto à tevê. E exceto me gabar um pouquinho, nunca me justifico. Mais ou menos uma vez por mês, meus ombros ficam tão tesos que não consigo dormir, mas o resto do tempo durmo que nem uma pedra. Minhas regras são brandas. Não tenho nenhuma cárie. E o meu espanhol é o.k.

Miu levantou os olhos.
— Você fala espanhol?

Quando Sumire estava na escola, passou um mês na casa de seu tio, um empresário que havia sido designado para a cidade do México. Aproveitando a oportunidade, ela estudou espanhol intensivamente. Também fizera espanhol na universidade.

Miu segurou o pé de sua taça de vinho com dois dedos e o girou ligeiramente, como se girasse um parafuso em uma máquina.

— O que acha de trabalhar comigo por algum tempo?

— Trabalhar? — Sem saber que expressão caberia melhor nessa situação, Sumire teve de recorrer à sua expressão séria de sempre. — Nunca tive um trabalho de verdade na vida, e não sei nem mesmo se seria capaz de atender direito um telefone. Evito pegar trem antes das dez da manhã e tenho certeza de que você pode perceber, conversando comigo, que não falo educadamente.

— Nada disso importa — disse Miu simplesmente. — A propósito, você está livre amanhã por volta do meio-dia?

Sumire disse que sim com a cabeça. Nem precisou pensar para responder. Tempo livre, afinal, era o seu principal trunfo.

— Então, por que não almoçamos juntas? Vou reservar um lugar tranquilo em um restaurante perto — disse Miu. Ergueu a taça de vinho tinto que o garçom acabara de servir, examinou-a atentamente, aspirou o aroma, depois, deu o primeiro gole. A série toda de movimentos tinha o tipo de elegância natural de uma cadência breve que um pianista tivesse refinado ao longo dos anos.

— Conversaremos sobre os detalhes amanhã. Hoje, eu só quero me divertir. Não sei de onde vem, mas este Bordeaux é muito bom.

Sumire relaxou a expressão grave e perguntou direto:

— Mas você acaba de me conhecer, e não sabe praticamente nada a meu respeito.

— É verdade. Talvez não — admitiu Miu.

— Por que acha que posso ser útil para você?

Miu girou o vinho na taça.

— Sempre julgo as pessoas pelo rosto — disse ela. — O que quer dizer que gosto do seu, da maneira como olha.

Sumire sentiu o ar à sua volta se tornar rarefeito. O bico de seus seios se enrijeceram sob o vestido. Pegou mecanicamente um copo de água e o tomou inteiro. O garçom, vigilante, pôs-se furtivamente atrás dela e encheu seu copo com mais água e gelo. Na mente confusa de Sumire, o tinido dos cubos de gelo ecoaram entrecortados, como os gemidos de um assaltante escondendo-se em uma caverna.

Devo estar apaixonada por essa mulher, Sumire percebeu com um susto. Não havia erro. O gelo é frio; as rosas são vermelhas; estou apaixonada. E este amor vai me levar a algum lugar. A corrente é poderosa demais; não tenho escolha. Pode muito bem ser um lugar especial, onde nunca estive antes. O perigo pode estar emboscado lá, algo que talvez acabe me ferindo profundamente, fatalmente. Posso acabar perdendo tudo. Mas não tem volta. Só me resta seguir a corrente. Mesmo que signifique ser consumida, desaparecer para sempre.

Agora, depois do fato, sei que seu palpite estava certo. Cento e vinte por cento certo.

2

Mais ou menos duas semanas depois da recepção de casamento, um domingo, logo antes do amanhecer, Sumire me ligou. Naturalmente, eu estava dormindo. Tão morto para o mundo quanto uma bigorna. Na semana anterior, eu tinha sido encarregado de organizar uma reunião e só conseguira cochilar algumas horas, enquanto juntava todos os documentos importantes (leia-se *insignificantes*) de que precisávamos. No fim de semana, tudo o que eu queria era dormir. Foi quando, é claro, o telefone tocou.

— Estava dormindo? — investigou Sumire.
— Humm — gemi e, instintivamente, relanceei os olhos ao despertador do lado da cama. O relógio tinha os ponteiros enormes e fluorescentes, mas não consegui ver as horas. A imagem projetada em minha retina e a parte do meu cérebro que a processava estavam fora de sincronia, como uma senhora idosa lutando, em vão, para enfiar a linha na agulha. O que consegui entender foi que estava tudo escuro e semelhante ao "Noite escura da alma", de Fitzgerald.
— Vai amanhecer daqui a pouco.
— Hummm — murmurei.
— Do lado de onde moro, tem um homem que cria galos. Deve tê-los há anos e anos. Em meia hora, mais ou menos, estarão cantando alucinadamente. É a minha hora do dia favorita. O céu escuro como breu começando a

clarear a leste, os galos cantando com todas as suas forças, como se se vingassem de alguém. Tem galo aí perto?

No lado de cá da linha, balancei a cabeça ligeiramente.

— Estou ligando da cabine telefônica perto do parque.

— Hum — eu disse. Havia uma cabine a cerca de duzentos metros de seu apartamento. Como Sumire não tinha telefone, sempre precisava ir até lá para ligar. Uma cabine de telefone comum.

— Sei que não devia ligar tão cedo. Sinto muito mesmo. Uma hora em que nem os galos começaram a cantar. Em que a lua deplorável pende no canto oriental do céu como um rim gasto. Mas ponha-se no *meu* lugar: tive de atravessar o breu até chegar aqui. Com este cartão de telefone que ganhei no casamento do meu primo preso à minha mão. Com uma foto do feliz casal de mãos dadas. Pode imaginar como é deprimente? Minhas meias nem mesmo combinam, por Deus! Uma tem a imagem do Mickey Mouse, a outra é lisa, de lã. O meu quarto é um completo desastre, não consigo achar nada lá. Não quero dizer isso em voz alta, mas você não ia acreditar em como minhas calcinhas são horríveis. Duvido que até mesmo um desses ladrões de calcinhas tocasse nelas. Se algum pervertido me matasse, eu nunca superaria essa vergonha. Não estou pedindo compreensão e simpatia, mas seria gentil se pudesse me responder com alguma coisa a mais. Outra coisa que não essas suas interjeições frias, *ohs* e *hums*. Que tal uma conjunção? Uma conjunção seria legal. Um *todavia* ou um *mas*.

— No entanto — eu disse. Eu estava exausto e me sentia como se estivesse no meio de um sonho.

— No entanto — repetiu ela. — O.k., isso serve. Um pequeno passo para um homem. Um passo muito pequeno, *no entanto*.

— Bem, está querendo alguma coisa?

— Exatamente, quero que me diga uma coisa. Foi por isso que liguei — disse Sumire. Pigarreou levemente. — O que quero saber é: qual é a diferença entre signo e símbolo?

Tive uma sensação esquisita, como se algo desfilasse silenciosamente por minha cabeça.

— Pode repetir a pergunta?

Ela repetiu.

— Qual é a diferença entre signo e símbolo?

Sentei-me na cama, passei o telefone da mão esquerda para a direita.

— Vamos ver se entendi direito. Você está me ligando porque quer descobrir a diferença entre um signo e um símbolo. No domingo, antes do amanhecer. Hum...

— Às quatro e quinze da manhã, para ser exata — disse ela. — Isso estava me incomodando. Qual poderia ser a diferença entre um signo e um símbolo? Alguém me fez esta pergunta há algumas semanas, e não consigo tirá-la da cabeça. Estava tirando a roupa para ir dormir e, de repente, me lembrei. Não posso dormir até descobrir. Pode explicar isso? A diferença entre um signo e um símbolo?

— Deixe-me pensar — disse eu, e olhei fixamente para o teto. Mesmo quando estava completamente consciente, explicar coisas logicamente a Sumire nunca era fácil. — O imperador é um símbolo do Japão. Está acompanhando?

— De certa forma — replicou ela.

— "De certa forma" não impede que seja assim. É o que está dito na constituição japonesa — disse eu, o mais calmamente possível. — Não há espaço para discussões nem dúvidas. Tem de aceitar isso, ou não chegaremos a lugar nenhum.

— Saquei. Eu aceito.

— Obrigado. Então... o imperador é um símbolo do Japão. Mas isso não significa que o Japão e o imperador sejam equivalentes. Está acompanhando?

— Não entendi.

— O.k., e isto: a flecha aponta em uma única direção. O imperador é um símbolo do Japão, mas o Japão não é um símbolo do imperador. Isso você entende, não?

— *Acho* que sim.

— Digamos, por exemplo, que você escreva "O imperador é um signo do Japão". Isso torna os dois equivalentes. Por isso, quando disséssemos "Japão", também estaríamos dizendo "o imperador". Em outras palavras, seriam intercambiáveis. O mesmo que dizer "*a* é igual a *b*, logo *b* é igual a *a*". Signo é isso.

— Está dizendo que pode trocar o imperador pelo Japão? Pode fazer isso?

— Não é isso o que eu disse — repliquei, sacudindo a cabeça vigorosamente do lado de cá da linha. — Estou apenas tentando explicar da melhor forma possível. Não estou planejando trocar o imperador pelo Japão. É simplesmente uma maneira de explicar.

— Humm — disse Sumire. — Acho que entendi. Uma imagem. É como a diferença entre uma rua de mão única e uma de mão dupla.

— Para o nosso propósito, está próximo.

— Sempre fico perplexa com como você é bom em explicar as coisas.

— É o meu trabalho — repliquei. Minhas palavras pareceram, de certa forma, chocas e rançosas. — Você devia, um dia, tentar ser professora do ensino fundamental. Não pode imaginar o tipo de perguntas que me fazem. "Por que o mundo não é quadrado?" "Por que as lulas têm dez braços e não oito?" Aprendi a dar resposta a quase tudo.

— Você deve ser um grande professor.

— Tenho minhas dúvidas — eu disse. Eu realmente tinha dúvidas.

— A propósito, por que as lulas têm dez braços e não oito?

— Posso voltar a dormir agora? Estou morto. Só segurar este telefone já me faz sentir como se estivesse segurando um muro de pedra se desmoronando.

— Sabe... — disse Sumire, deixando uma pausa delicada intervir, como um velho guarda-cancela fechando, com um estampido, a passagem de nível da ferrovia, logo antes de o trem com destino a St. Petersburgo passar. — É realmente uma tolice dizer isto, mas estou apaixonada.

— Ahmm — disse eu, passando o telefone de novo para a mão esquerda. Dava para ouvir a respiração dela. Eu não tinha a menor ideia de como deveria responder. E como quase sempre acontece quando não sei o que dizer, deixei escapulir um comentário meio descabido. — Não por mim, suponho.

— Não por você — respondeu Sumire. Ouvi o som de um isqueiro acendendo um cigarro. — Está livre, hoje? Gostaria de falar mais.

— Quer dizer, sobre você estar apaixonada por outra pessoa que não eu?

— Exato — disse ela. — Sobre eu estar perdidamente apaixonada por outra pessoa que não você.

Prendi o telefone entre a cabeça e o ombro, e me espreguicei.

— Estarei livre no fim da tarde.

— Passo às cinco — disse Sumire. Em seguida, acrescentou, como se tivesse refletido. — Obrigada.

— Por quê?

— Por ter sido gentil o bastante para responder à minha pergunta em plena madrugada.

Dei uma resposta vaga, desliguei e apaguei a luz. Fiquei de novo no breu. Logo antes de adormecer, pensei em seu *obrigada* ao se despedir e se já tinha escutado essa palavra vindo dela antes. Talvez tivesse, uma vez, mas não conseguia me lembrar.

Sumire chegou ao meu apartamento um pouco antes das cinco. Não a reconheci. Havia sofrido uma completa mudança de estilo. O cabelo curto estava cortado na moda, a franja ainda com vestígios do recorte da tesoura. Vestia um cardigã leve sobre um vestido azul-marinho de mangas curtas e sapatos pretos de verniz de salto médio. Estava, até mesmo, com meias de seda. *Meias?* Roupa de mulher não era exatamente o meu forte, mas estava óbvio que tudo que ela estava usando era muito caro. Vestida desse jeito, Sumire parecia educada e graciosa. Para dizer a verdade, tudo lhe caía muito bem. Embora eu preferisse a Sumire excêntrica de antes. Cada qual com seu gosto.

— Nada mal — disse eu, dando uma olhada rápida. — Mas não sei o que o velho e bom Jack Kerouac diria.

Sumire sorriu, um sorriso muito-mais-ligeiramente sofisticado do que o usual.

— Por que não vamos dar uma volta?

Descemos lado a lado o bulevar da Universidade em direção à estação e paramos em nosso café preferido. Sumire pediu o pedaço de bolo e café de sempre. Era um claro entardecer de domingo, quase fim de abril. As lojas de flores estavam repletas de crocos e tulipas. Soprava uma brisa delicada, fazendo a bainha das saias das garotas farfalhar suavemente e carregando com ela a fragrância ociosa das árvores jovens.

Cruzei as mãos atrás da cabeça e observei Sumire devorando vagarosamente, embora avidamente, seu bolo. Dos pequenos alto-falantes no teto da cafeteria, Astrud Gilberto cantava uma antiga música bossa-nova. "Leve-me para Aruanda", cantava ela. Fechei os olhos e o tinido das xícaras e pires ressoaram como o bramido de um mar distante. Aruanda... como será lá?, eu me perguntei.

— Ainda com sono?

— Agora não — respondi, abrindo os olhos.
— Você está bem?
— Estou. Tão bem quanto o rio Moldau na primavera.

Sumire encarou por um certo tempo o prato vazio, onde antes estivera seu pedaço de bolo. Olhou para mim.

— Não acha estranho eu estar usando estas roupas?
— Talvez.
— Não as comprei. Não tenho dinheiro para isso. Há uma história por trás.
— Importa-se que eu tente adivinhar a história?
— Vá em frente — disse ela.
— Lá estava você com a sua roupa Jack Kerouac xumbrega, o cigarro pendurado na boca, lavando as mãos em algum banheiro público, quando uma mulher de um metro e cinquenta e seis centímetros entrou correndo, esbaforida, usando a sua melhor roupa, e disse: "Por favor, você tem de me ajudar! Não tenho tempo para explicar, mas estou sendo perseguida por algumas pessoas terríveis. Pode trocar de roupa comigo? Se trocarmos a roupa, poderei escapar deles. Graças a Deus, temos o mesmo manequim". Exatamente como um filme de ação de Hong Kong.

Sumire riu.

— E acontece que a outra mulher usava sapatos 35 e manequim 38. Por pura coincidência.
— E imediatamente, trocaram as roupas, até a sua calcinha Mickey Mouse.
— São as minhas meias que têm o Mickey Mouse, e não as minhas calcinhas.
— Não importa — disse eu.
— Humm — refletiu Sumire. — Na verdade, você não está muito longe.
— O quão longe?

Ela inclinou-se à frente, sobre a mesa.

— É uma longa história. Gostaria de escutá-la?

— Já que veio até aqui para me contar, tenho a nítida sensação de que não importa muito se eu gostaria ou não. De qualquer jeito, vá em frente. Acrescente um prelúdio, se quiser. E uma "Dança dos espíritos bem-aventurados".* Eu não me importo.

Ela começou a falar. Sobre a recepção de casamento de seu primo e sobre o almoço com Miu em Aoyama. E *foi* uma longa história.

---

* Famoso *ballo* que abre o segundo ato da ópera *Orfeu e Eurídice*, de Christoph Willibald Gluck (N. E.)

3

O dia seguinte ao casamento, uma segunda-feira, foi chuvoso. A chuva começou a cair logo depois de meia-noite e continuou, sem parar, até o amanhecer. Uma chuva suave, delicada, que umedeceu sombriamente a terra da primavera e, discretamente, incitou as criaturas anônimas que nela viviam.

O pensamento do encontro com Miu mexeu de novo com Sumire, e ficou difícil ela se concentrar. Sentia como se estivesse sozinha no cume de uma montanha, o vento rodopiando ao seu redor. Instalou-se à mesa como sempre, acendeu um cigarro e ligou o computador, porém, por mais que fixasse o olhar na tela, nenhuma frase lhe ocorria. Para Sumire, isso era quase impossível. Desistiu, desligou o computador, deitou-se em seu quarto minúsculo e, com um cigarro apagado pendendo na boca, entregou-se a reflexões a esmo.

Se simplesmente pensar em ver Miu me deixou neste estado, pensou ela, imagino como seria doloroso se tivéssemos nos despedido na festa e nunca mais nos víssemos. Estou apenas ansiando ser como ela: uma mulher mais velha bonita, sofisticada? Não, concluiu, não pode ser isso. Quando estou do seu lado, quero tocar nela. Isso é um pouco diferente de ansiar.

Sumire deu um suspiro, olhou para o teto durante algum tempo e acendeu o cigarro. É muito estranho pensar nisso, refletiu. Aqui estou eu, apaixonada pela primeira vez na vida, aos vinte e dois anos. E a outra pessoa, *por acaso*, é uma mulher.

O restaurante em que Miu reservara a mesa ficava a dez minutos a pé da estação de metrô Omote Sando. O tipo de restaurante difícil de ser encontrado na primeira vez, certamente não um lugar em que se entra casualmente para comer. Até mesmo o nome do restaurante era difícil de lembrar, a menos que fosse ouvido várias vezes. Na entrada, Sumire disse o nome de Miu e foi acompanhada até uma pequena sala privada no segundo andar. Miu já estava lá, bebericando uma Perrier com gelo, envolvida em uma conversa com o garçom a respeito do cardápio.

Sobre uma camisa pólo azul-marinho, Miu vestia uma suéter de algodão da mesma cor, e usava também um pregador de cabelo de prata, fino e sem adorno. Sua calça era justa, de jeans branco. Em um canto da mesa estavam os óculos escuros azuis, vistosos, e, na cadeira do seu lado, uma raquete de squash e uma bolsa de esporte da grife Missoni. Parecia que estava voltando para casa depois de ter jogado squash. As maçãs do rosto de Miu ainda estavam rosadas. Sumire imaginou-a no chuveiro da academia, esfregando o corpo com um sabonete de perfume exótico.

Quando Sumire entrou na sala, usando o paletó espinha de peixe, a calça cáqui de sempre, e o cabelo emaranhado como o de uma órfã, Miu ergueu os olhos do menu e deu um sorriso estonteante.

— Você me disse, outro dia, que comia qualquer coisa, não foi? Espero que não se importe que eu tenha adiantado o pedido.

— É claro que não — respondeu Sumire.

Miu tinha pedido a mesma coisa para as duas. A entrada foi peixe grelhado com um toque de molho verde com cogumelos. As fatias de peixe foram preparadas com perfeição — douradas de uma maneira quase artística. Nhoque de abóbora e uma delicada salada de endívia completava a refeição. De sobremesa havia *crème brûlée*, que só Sumire comeu. Miu não tocou na sobremesa. Por fim, beberam um café expresso. Sumire observou que Miu tomava muito cuidado com o que comia. O seu pescoço era fino como o caule de uma planta, o corpo sem um grama de gordura visível. Ela parecia não precisar fazer dieta. Ainda assim, dava a impressão de ser extremamente rigorosa em relação à comida. Como uma espartana isolada em uma fortaleza na montanha.

Enquanto comiam, não conversaram sobre nada em particular. Miu queria saber mais sobre a formação de Sumire, e ela cedeu de bom grado, respondendo às perguntas da maneira mais franca possível. Contou sobre seu pai, sua mãe, as escolas que tinha frequentado (e que havia odiado todas), os prêmios que ganhara em um concurso de redação — uma bicicleta e uma coleção de enciclopédias —, como chegara a abandonar a universidade, como passava seus dias agora. Uma vida nada particularmente emocionante. Ainda assim, Miu escutou encantada, como se ouvisse os costumes fascinantes de uma terra distante.

Sumire queria saber muito mais sobre Miu. Mas Miu hesitava falar de si mesma.

— Isso não tem importância — adiava, com um sorriso vivo. — Prefiro saber mais sobre *você*.

Quando terminaram de comer, Sumire ainda não sabia muita coisa. Praticamente a única coisa que descobrira era que o pai de Miu tinha doado muito dinheiro à pequena cidade no norte da Coreia, onde tinha nascido, e construído vários edifícios públicos para a sua população

— que respondeu erigindo uma estátua dele, em bronze, na praça central.

— É uma pequena cidade embrenhada nas montanhas — explicou Miu. — O inverno é terrível, só olhar o lugar já nos faz tremer. As montanhas são escarpadas e avermelhadas, cheias de árvores vergadas. Certa vez, quando eu era pequena, o meu pai me levou lá. Quando inauguraram a estátua. Todos os parentes apareceram, gritando e me abraçando. Não consegui entender uma palavra do que diziam. Lembro-me de ter ficado assustada. Para mim, era uma cidade em um país estrangeiro, em que eu nunca pusera os olhos antes.

Que tipo de estátua era?, perguntou Sumire. Nunca conhecera alguém a quem tivessem erigido uma estátua.

— Uma estátua normal. Do tipo que se vê em qualquer lugar. Mas é estranho ver seu próprio pai transformado em uma estátua. Imagine se erigissem uma estátua de seu pai na praça em frente à estação Chigasaki. Ia se sentir esquisita com isso, não ia? O meu pai era, na verdade, muito baixo, mas a estátua fazia com que parecesse uma figura imponente. Eu tinha só cinco anos na época, mas fiquei impressionada com a maneira como as coisas que vemos nem sempre são fiéis à realidade.

Se fizessem uma estátua do meu pai, Sumire refletiu, seria a estátua que não faria jus à realidade. Já que seu pai, na vida real, era um tanto bem-apessoado *demais*.

— Gostaria de continuar de onde paramos ontem — disse Miu, depois de iniciar a sua segunda xícara de expresso. — Acha que gostaria de trabalhar para mim?

Sumire estava louca por um cigarro, mas não havia cinzeiros. Teve de se satisfazer com Perrier gelada.

Sumire respondeu francamente.

— Bem, que tipo de trabalho seria, exatamente? Como eu disse ontem, exceto alguns trabalhos simples do tipo-trabalho-físico, nunca tive o que você chamaria de um emprego respeitável. Além disso, não tenho nenhuma roupa apropriada. A roupa que fui à recepção era emprestada.

Miu balançou a cabeça como se indicando que entendia, a expressão inalterada. Ela devia ter antecipado esse tipo de resposta.

— Acho que entendo muito bem que tipo de pessoa é — disse Miu —, e o trabalho que tenho em mente não seria problema para você. Estou certa que é capaz de lidar com o que quer que aconteça. O que realmente importa é se gostaria ou não de trabalhar comigo. Encare exatamente dessa maneira, como um simples sim ou não.

Sumire escolheu as palavras com cuidado.

— Fico realmente feliz ao ouvir você dizer isso, mas, neste exato instante, o que é mais importante para mim é escrever romances. Isto é, foi por isso que abandonei a faculdade.

Miu olhou em frente, diretamente para Sumire. Ela sentiu esse olhar silencioso na sua pele e seu rosto esquentou.

— Importa-se de que eu fale exatamente o que se passa na minha cabeça?

— É claro que não. Vá em frente.

— Talvez se sinta embaraçada.

Para mostrar que podia lidar com isso, Sumire franziu os lábios e olhou direto nos olhos de Miu.

— Neste estágio da sua vida, não acho que vá escrever nada que valha a pena, independentemente do tempo que dedique a seus romances — disse Miu, calmamente, sem hesitação. — Você tem talento. Tenho certeza de que, um dia, será uma escritora extraordinária. Não estou falando por falar, eu realmente acredito nisso. Você tem a aptidão natural dentro de você. Mas ainda não é hora. A força de que você precisa para abrir a porta não está aí. Nunca sentiu dessa maneira?

— Tempo e experiência — disse Sumire, resumindo.

Miu sorriu.

— De qualquer jeito, venha trabalhar para mim. É a melhor opção para você. E quando sentir que chegou a hora, não hesite em jogar tudo para o alto e se dedicar o quanto quiser a escrever romances. Você simplesmente precisa de mais tempo do que uma pessoa comum para atingir esse estágio. Portanto, mesmo que chegue aos vinte e oito anos sem ter encontrado nenhuma oportunidade, e seus pais cortem seus fundos, deixando-a sem um tostão, bem... e daí? Talvez passe um pouco de fome, mas pode ser uma boa experiência para uma escritora.

Sumire abriu a boca, ia falar, mas não saiu nada. Meramente acatou com um movimento da cabeça.

Miu estendeu a mão direita ao meio da mesa.

— Deixe-me ver a sua mão — disse.

Sumire estendeu a mão direita e Miu pegou-a, como se envolvendo-a. A palma de sua mão era quente e macia.

— Não deve se preocupar muito com isso. Não seja tão taciturna. Nós vamos nos dar bem.

Sumire engoliu em seco e conseguiu, de alguma maneira, relaxar. Com Miu olhando fixo para ela desse jeito, sentiu-se encolhendo lentamente. Como um cubo de gelo deixado ao sol, podia muito bem desaparecer.

— A partir da semana que vem, gostaria que fosse ao meu escritório três vezes por semana. Às segundas, quartas e sextas. Pode começar às dez da manhã e sair às quatro da tarde. Assim evitará a hora do rush. Não posso pagar muito, mas o trabalho é fácil, e poderá ler quando não tiver o que fazer. Uma única condição: que tenha aulas particulares de italiano duas vezes por semana. Já sabe espanhol, de modo que não será tão difícil. E eu gostaria que praticasse conversação em inglês e direção sempre que tivesse tempo. Acha que pode fazer isso?

— Acho que sim — replicou Sumire. Sua voz ressoou como se fosse a de outra pessoa, alguém que estivesse em outra sala. Não importa o que me peça, o que me ordene fazer, tudo o que posso responder é sim, percebeu. Miu olhava fixamente para Sumire, sem largar a sua mão. Sumire podia ver sua própria figura refletida no fundo dos olhos de Miu. Parecia a sua própria alma sendo sugada para o outro lado do espelho. Sumire adorou essa visão, ao mesmo tempo que a assustava.

Miu sorriu, linhas encantadoras apareceram no canto de seus olhos.

— Vamos à minha casa. Tem uma coisa que quero lhe mostrar.

4

Nas férias de verão do meu primeiro ano na universidade, fiz uma viagem sem destino, sozinho, pela região de Hokuriku, conheci uma mulher oito anos mais velha do que eu, que também viajava sozinha, e passamos uma noite juntos. Na época, isso me impressionou, como algo extraído diretamente do começo do romance *Sanshiro*, de Soseki.

A mulher trabalhava na seção de câmbio de um banco em Tóquio. Sempre que tinha algum tempo livre, pegava alguns livros e partia sozinha.

"É muito menos cansativo viajar sozinha", explicou ela. Tinha um certo charme, o que torna difícil imaginar por que teria se interessado por alguém como eu — um garoto de dezoito anos, calado, magricela. No entanto, sentada à minha frente, no trem, parecia gostar dos nossos gracejos inofensivos. Ela ria muito. E — atipicamente — eu tagarelava. Por acaso, saltamos na mesma estação, em Kanazawa. Tem onde ficar?, ela me perguntou. Não, repliquei; nunca tinha feito uma reserva em hotel na minha vida. Eu reservei um quarto em um hotel, ela me disse. Pode ficar lá, se quiser. Não se preocupe com isso, ela prosseguiu, custa o mesmo para uma ou duas pessoas.

Fiquei nervoso na primeira vez que fizemos amor, o que tornou a coisa meio desastrada. Pedi desculpas.

— Como somos educados! — disse ela. — Não há necessidade de pedir desculpas por qualquer coisinha.

Depois do banho, ela vestiu um roupão, pegou duas cervejas na geladeira e me deu uma.

— Você dirige bem? — perguntou.

— Acabo de tirar a carteira, por isso não diria que sim. Médio.

Ela sorriu.

— Eu também. Eu acho que dirijo muito bem, mas meus amigos não concordam. O que também me deixa na média, suponho. Deve conhecer algumas pessoas que se acham grandes motoristas, não?

— Sim, acho que sim.

— E algumas não devem ser tão boas.

Concordei com um movimento da cabeça. Ela tomou um gole da cerveja e refletiu.

— Até certo ponto, esse tipo de coisa é inato. Talento, poderíamos dizer. Algumas pessoas são ágeis, outras desajeitadas... Algumas são muito atentas, outras não. Certo?

Concordei, de novo, com a cabeça.

— O.k., pense no seguinte. Digamos que vá fazer uma longa viagem de carro com alguém. E vocês dois se revezarão na direção. Que tipo de pessoa escolheria? Alguém que é bom motorista, mas não é atento, ou uma pessoa atenta que não é tão boa motorista?

— Provavelmente o segundo — eu disse.

— Eu também — concordou ela. — O que temos aqui é bem semelhante. Bom ou ruim, ágil ou desajeitado, isso não tem importância. O que importa é ser atento. Permanecer calmo, alerta às coisas à sua volta.

— Alerta? — perguntei.

Ela simplesmente sorriu e não disse nada.

Um pouco depois, fizemos amor pela segunda vez, e, dessa vez, foi uma viagem suave, compatível. *Ficar alerta* — acho que começava a entender. Pela primeira vez, vi como uma mulher reage na luta da paixão.

Na manhã seguinte, depois de tomarmos juntos o café da manhã, nos separamos. Ela prosseguiu sua viagem e eu a minha. Quando partiu, me disse que se casaria dali a dois meses com um homem que trabalhava com ela.

— Ele é um cara muito legal — disse ela animada. — Temos saído há cinco anos, e, finalmente, resolvemos oficializar a relação. O que significa que, provavelmente, não viajarei mais sozinha. É isso aí.

Eu ainda era jovem, certo de que esse tipo de evento emocionante acontecia a toda hora. Mais tarde, na minha vida, percebi como estava enganado.

Contei essa história a Sumire muito tempo atrás. Não me lembro de como surgiu o assunto. Deve ter sido quando falávamos a respeito de desejo sexual.

— Então, o que é importante na sua história? — perguntou Sumire.

— A parte de ficar alerta — respondi. — Não ter preconceitos, prestar atenção ao que acontece, manter os ouvidos, o coração e a mente abertos.

— Humm — replicou Sumire. Ela parecia estar matutando sobre a minha insignificante aventura sexual, talvez se perguntando se deveria inseri-la em um de seus romances. — De qualquer jeito, você certamente tem muita experiência, não tem?

— Eu não diria *muita* — protestei delicadamente. — As coisas simplesmente *acontecem*.

Ela roeu um pouco a unha, perdida em pensamentos.

— Mas como, supostamente, nos tornamos atentos? O momento crítico chega e se diz "o.k., estou pronto para ficar alerta e prestar atenção total". Mas não dá para ser bom nessas coisas num estalar de dedos, concorda? Pode ser mais específico? Pode me dar um exemplo?

— Bem, primeiro tem de relaxar. Digamos... contando.

— O que mais?

— Pense em um pepino na geladeira em uma tarde de verão. É só um exemplo.
— Espere aí — disse ela, depois fez uma pausa de modo significativo. — Está querendo me dizer que, quando está fazendo sexo com uma garota, imagina pepinos na geladeira em uma tarde de verão?
— Não o tempo todo — disse eu.
— Mas às vezes.
— Acho que sim.
Sumire franziu o cenho e balançou a cabeça algumas vezes.
— Você é muito mais esquisito do que parece.
— Todo mundo tem uma esquisitice — disse eu.

— No restaurante, enquanto Miu segurava a minha mão e olhava fixo em meus olhos, eu pensava em pepinos — disse Sumire. — Tenho de ficar calma, tenho de prestar atenção, eu dizia a mim mesma.
— *Pepinos?*
— Não se lembra do que me disse? Dos pepinos na geladeira em uma tarde de verão?
— Ah, sim, acho que sim — lembrei-me. — Isso ajudou?
— Um pouco — disse Sumire.
— Fico feliz em saber — repliquei.
Sumire conduziu de volta o rumo da conversa.
— O apartamento de Miu fica a alguns passos do restaurante. Não é grande, mas é realmente adorável. Uma varanda ensolarada, plantas, um sofá de couro italiano. Alto-falantes Bose, um conjunto de impressoras, um Jaguar no estacionamento. Morava ali sozinha. O apartamento dela e do marido é em algum lugar em Setagaya. Ela vai para lá nos fins de semana. A maior parte do tempo, fica no apartamento em Aoyama. O que acha que ela me mostrou?

— As sandálias de couro de cobra preferidas de Mark Bolan* em um estojo de vidro — arrisquei. — Um dos legados inestimáveis sem o que a história do rock-'n'-roll não poderia ser contada. Não falta uma única escama, seu autógrafo na sola. Os fãs ficam loucos.

Sumire franziu o cenho e suspirou.

— Se inventarem um carro movido a piada sem graça, você irá longe.

— Atribua isso a um intelecto deficiente — eu disse humildemente.

— O.k., deixando a piada de lado, quero que reflita sério. O que acha que ela me mostrou no seu apartamento? Se acertar, eu pago a conta.

Limpei a garganta.

— Mostrou as roupas lindas que você está usando. E mandou que as usasse para trabalhar.

— Acertou — disse Sumire. — Ela tem uma amiga rica, com roupas de sobra e que veste o mesmo manequim que eu. A vida não é estranha? Tem gente com tanta roupa sobrando que não cabe no armário. E tem gente como eu, com meias que nunca combinam. De qualquer jeito, eu não me importo. Ela foi à casa da amiga e voltou carregando essas *sobras*. Estão só um pouquinho fora de moda se observar com atenção, mas a maioria das pessoas não vai notar.

— Eu não notaria por mais que observasse — eu lhe disse.

Sumire sorriu satisfeita.

— As roupas me caem como uma luva. Os vestidos, as blusas, as saias, tudo. A cintura é um pouco maior, mas com um cinto não se vê a diferença. O meu pé, felizmente, é quase o mesmo de Miu, de modo que ela me deu alguns pares de que não precisa. Saltos altos, saltos baixos, sandá-

---

* Vocalista do grupo de rock T. Rex nos anos 1960 e 1970, morto em 1977 em um acidente de carro. (N. E.)

lias de verão. Todas com nomes italianos impressos. Bolsas também. E um pouco de maquiagem.

— Uma perfeita Jane Eyre — disse eu.

Tudo isso explica como Sumire começou a trabalhar três dias por semana no escritório de Miu. Usando blazer e vestido, salto alto e um pouco de maquiagem, pegando, de manhã, o trem de Kichijoji para Harajuku. De certa forma, eu não conseguia imaginar.

Além do escritório na sua empresa em Akasaka, Miu tinha uma pequena sala em Jingumae. Lá havia sua mesa, assim como a da sua assistente (de Sumire, em outras palavras), um arquivo, um fax, um telefone e um PowerBook. Isso é tudo. Era somente um cômodo em um edifício de apartamentos que tinham, como se só tivessem se lembrado depois, uma cozinha e um banheiro minúsculos. Havia um CD player, pequeninos alto-falantes e uma dúzia de CDs clássicos. Ficava no terceiro andar e, da janela de frente para o leste, via-se um pequeno parque. O primeiro andar do edifício era ocupado por um showroom de móveis do norte europeu. O prédio era recuado, o que mantinha o barulho do trânsito no mínimo.

Assim que chegava ao escritório, Sumire regava as plantas e ligava a cafeteira elétrica. Verificava os recados de telefone e os e-mails no PowerBook. Imprimia as mensagens e as colocava sobre a mesa de Miu. A maioria era de agentes estrangeiros, em inglês ou francês. Qualquer correspondência que chegava, ela abria, e jogava fora o que era claramente lixo. Recebia poucas chamadas diárias, algumas do exterior. Sumire anotava o nome da pessoa, o número do telefone e o recado, e passava para Miu, ligando para o seu celular.

Miu geralmente aparecia por volta da uma, duas horas da tarde. Ficava mais ou menos uma hora, dava várias instruções a Sumire, tomava café, fazia algumas ligações. Cartas que requeriam uma resposta eram ditadas a Sumire, que as digitava no processador de texto e as enviava ou pelo e-mail ou por fax. Em geral, eram breves cartas de negócios. Sumire também fazia reservas para Miu no cabeleireiro, restaurantes e quadra de squash. Depois de tratarem dos negócios, Miu e Sumire papeavam um pouco, e Miu ia embora.

Portanto, Sumire ficava, com frequência, sozinha no escritório, sem falar com ninguém durante horas, mas nunca se sentia entediada ou solitária. Passava a limpo as aulas de italiano a que assistia duas vezes por semana, decorava os verbos irregulares, checando a pronúncia com um gravador. Tinha aulas de computação e chegou até onde foi capaz de lidar com os *bugs* mais simples. Abria os arquivos no disco rígido e se inteirava, em linhas gerais, dos projetos que Miu tinha em andamento.

O trabalho central de Miu era o que ela tinha descrito na recepção de casamento. Fazia contratos com pequenos produtores de vinho, geralmente da França, e vendia o vinho por atacado aos restaurantes e lojas especializadas de Tóquio. Ocasionalmente, organizava a vinda de músicos ao Japão. Agentes de firmas grandes lidavam com o lado complexo do negócio, Miu cuidava do plano geral e parte da infraestrutura. A especialidade de Miu era procurar jovens artistas desconhecidos e promissores, e trazê-los ao Japão.

Qual o lucro dos negócios particulares de Miu Sumire não tinha como saber. Os registros da contabilidade eram mantidos em servidores separados e não podiam ser acessados sem uma senha. De qualquer maneira, Sumire ficava em êxtase, seu coração palpitava, só por poder encontrar-se e conversar com Miu. Esta é a mesa em que Miu se senta, ela pensava. Esta é a caneta esferográfica que ela usa, a caneca em que bebe café. Independentemente da trivialidade da tarefa, Sumire fazia o melhor que podia.

De vez em quando, Miu a convidava para jantar. Como seus negócios envolviam o vinho, ela achava necessário ir aos restaurantes mais conhecidos para se manter a par das últimas novidades. Miu sempre pedia peixe ou, uma vez ou outra, frango, embora deixasse a metade, e dispensava a sobremesa. Estudava minuciosamente cada detalhe da carta de vinhos antes de se decidir, mas nunca bebia mais do que um copo.

— Continue, beba o quanto quiser — Miu lhe dizia, mas não tinha como Sumire beber tanto. Desse modo, sempre terminavam deixando intacta metade de uma garrafa de vinho muito caro, mas Miu não se incomodava.

— É um desperdício pedir uma garrafa inteira só para nós duas — Sumire disse a Miu certa vez. — Nós mal bebemos a metade.

— Não se preocupe. — Miu riu. — Quanto mais deixamos, mais as pessoas no restaurante poderão experimentá-lo. O sommelier, o chefe dos garçons, descendo até o garçom que nos serve água. Dessa maneira, um bando de gente começa a adquirir gosto pelo bom vinho. Por isso, deixar vinhos caros nunca é desperdício.

Miu examinou a cor do Médoc 1986 e, então, como se saboreando uma prosa belamente composta, experimentou-o zelosamente.

— É a mesma coisa com tudo. Tem de aprender através da experiência pessoal, pagando suas próprias dívidas. Não tem como aprender em um livro.

Seguindo o conselho de Miu, Sumire pegou a taça de vinho e tomou um gole com muita atenção, deixando-o na boca, depois o engolindo. Por um momento, um gosto agradável permaneceu, mas, após alguns segundos, desapareceu, como o orvalho da manhã em uma folha no verão. Isso preparou o palato para o próximo naco de comida. Toda vez que comia e conversava com Miu, Sumire aprendia algo novo. Estava surpresa com o enorme número de coisas que ainda tinha a aprender.

— Sabe, nunca achei que queria ser outra pessoa — Sumire deixou escapar certa vez, talvez instigada por uma quantidade de vinho maior do que a usual. — Mas, às vezes, eu penso em como seria bom ser como você.

Miu suspendeu a respiração por um momento. Então pegou sua taça e bebeu um gole do vinho. Por um segundo, a luz tingiu seus olhos com o carmesim do vinho. Seu rosto foi drenado de sua expressão sutil costumeira.

— Estou certa que não sabe de uma coisa — disse ela calmamente, tornando a pôr a taça sobre a mesa. — A pessoa que está aqui, agora, não sou eu de verdade. Quatorze anos atrás, tornei-me metade da pessoa que era. Gostaria de tê-la conhecido quando era inteira. Teria sido maravilhoso. Mas agora é inútil pensar nisso.

Sumire surpreendeu-se a ponto de ficar sem fala. E perdeu a chance de fazer as perguntas óbvias. O que tinha acontecido com Miu há quatorze anos? Por que ela se tornara metade de seu verdadeiro eu? E o que, afinal, ela queria dizer com *metade*? No fim, esse enunciado enigmático só fez com que se enamorasse ainda mais de Miu. Que pessoa admirável, pensou Sumire.

Através de fragmentos de conversas, Sumire conseguiu juntar alguns fatos a respeito de Miu. Seu marido era japonês, cinco anos mais velho do que ela, e fluente em coreano, resultado de dois anos como aluno no departamento de economia da Universidade de Seul. Era uma pessoa afetiva, competente no que fazia, na verdade, a força orientadora por trás da empresa de Miu. Embora fosse, originalmente, um negócio dirigido pela família dela, ninguém nunca falara nada de mal a seu respeito.

Desde pequena, Miu demonstrara talento para tocar piano. Ainda adolescente, ganhou o primeiro prêmio em vários concursos para jovens. Prosseguiu seus estudos em um conservatório de música, com um pianista famoso e, com a recomendação de seu professor, pôde estudar em uma academia de música na França. Seu repertório ia, principalmente, dos últimos românticos, Schumann e Mendelssohn, a Poulenc, Ravel, Bartók e Prokofiev. Sua maneira de tocar combinava um tom extremamente sensual com uma técnica vibrante, impecável. Em seu tempo de estudante, apresentou vários concertos, todos bem recebidos. Um futuro brilhante como concertista parecia assegurado. Durante o tempo no estrangeiro, entretanto, seu pai adoeceu, e Miu fechou o piano e retornou ao Japão. Para nunca mais pôr os dedos em um teclado.

— Como conseguiu desistir do piano tão facilmente? — perguntou Sumire, hesitante. — Se não quiser falar sobre isso, tudo bem. É só que eu acho... sei lá... um pouco incomum. Quer dizer, teve de sacrificar um monte de coisas para ser uma pianista, não teve?

— Eu não sacrifiquei *um monte de coisas* pelo piano — disse Miu baixinho. — Eu sacrifiquei *tudo*. O piano exigia cada pedacinho de carne, cada gota de sangue, e eu não poderia recusar. Nada, nunca.

— Não lamentou abandoná-lo? Você quase conseguiu.

Miu olhou nos olhos de Sumire, penetrantemente. Um olhar firme, profundo. No fundo dos olhos de Miu, como em uma poça tranquila em uma corrente ligeira, fluxos sem palavras competindo entre si. Só gradativamente, esses fluxos em conflito se assentaram.

— Desculpe. Vou me meter com a minha própria vida — desculpou-se Sumire.

— Está tudo bem. É que não consigo explicar direito. Não tornaram a falar sobre isso.

Miu não permitia que se fumasse em seu escritório e detestava que fumassem na sua frente, por isso, depois que começou a trabalhar, Sumire decidiu que era uma boa oportunidade para parar. No entanto, sendo uma fumante de dois maços de Marlboro por dia, as coisas não foram tão tranquilas. Após um mês, como um animal que tivesse seu rabo peludo cortado, ela perdeu o apego emocional às coisas. Não que antes ele fosse muito firme. E, como podem imaginar, começou a me ligar a madrugada toda.

— Só penso em dar uma tragada. Não consigo dormir e, quando consigo, tenho pesadelos. Estou toda entupida. Não consigo ler, não escrevo uma linha.

— Todo mundo passa por isso quando tenta parar. No começo, pelo menos — disse eu.

— Acha fácil dar opiniões quando se trata dos outros, não acha? — Sumire retrucou rápido. — Logo você que nunca fumou na vida.

— Ei, se não se pode dar opinião sobre as outras pessoas, o mundo se torna um lugar um tanto assustador, não? Se não concorda, é só ver o que Joseph Stalin fez.

No outro lado da linha, Sumire calou-se por um bom tempo. Um silêncio pesado como o de almas mortas na Frente Leste.

— Alô? — perguntei.

Finalmente, Sumire falou.

— Sinceramente, não acho que não consigo escrever porque deixei de fumar. Talvez seja uma das razões, mas isso não é tudo. O que quero dizer é que parar de fumar é somente uma desculpa. Você entende: "Estou parando de fumar, e é por isso que não consigo escrever. Não posso fazer nada".

— O que explica por que está tão chateada.

— Acho que sim — disse ela, de repente resignada. — Não é só que eu não consiga escrever. O que realmente me chateia é não ter mais confiança no ato de escrever em si. Li o que escrevi não faz muito tempo, e é maçante. O que se passava pela minha cabeça? É como olhar, no outro lado do quarto, algumas meias sujas jogadas no chão. Eu me sinto horrível, me dando conta de todo o tempo e energia que desperdicei.

— Quando isso acontece, tem de ligar para alguém às três da manhã e despertá-lo, *simbolicamente,* é claro, de seu sono semiótico tranquilo.

— Me diga uma coisa — disse Sumire —, nunca se sentiu confuso em relação ao que está fazendo, como se não fosse a coisa certa?

— Passo mais tempo confuso do que não confuso — respondi.

— Fala sério?

— É isso.

Sumire bateu as unhas nos dentes da frente, um de seus vários hábitos quando estava pensando.

— Eu quase nunca me senti confusa como agora. Não que sempre tenha me sentido confiante, segura do meu talento. Não sou tão audaciosa. Sei que sou o tipo de pessoa imprevisível, egoísta. Mas nunca fui confusa. Posso ter cometido alguns erros ao longo do percurso, mas sempre achei que estava no caminho certo.

— Você teve sorte — repliquei. — Como uma longa temporada de chuvas logo depois de ter plantado o arroz.

— Talvez você tenha razão.

— Mas a esta altura, as coisas não estão dando certo.

— Exato. Não estão. Às vezes, sinto tanto medo, como se tudo o que eu tivesse feito até agora estivesse errado. Tenho uns sonhos realistas e desperto abruptamente no meio da noite. E, durante algum tempo, não sei o que é real e o que não é... Esse tipo de sensação. Faz alguma ideia do que estou falando?

— Acho que sim — repliquei.

— Tem-me ocorrido ultimamente que talvez os meus dias de escrever romances chegaram ao fim. O mundo está cheio de garotas idiotas, inocentes, e eu sou apenas uma delas, perseguindo, conscientemente, sonhos que nunca se tornarão realidade. Tenho de fechar o piano e descer do palco. Antes que seja tarde demais.

— Fechar o piano?

— Uma metáfora.

Passei o telefone da mão esquerda para a direita.

— *Tenho* certeza de uma coisa. Talvez você não tenha, mas eu tenho. Um dia, você ainda será uma escritora fantástica. Eu li o que escreveu, e sei.

— Acha mesmo isso?

— Do fundo do coração — disse eu. — Eu não mentiria para você sobre esse tipo de coisa. Há algumas cenas notáveis no que você escreveu até agora. Digamos que esteja escrevendo sobre o litoral em maio. A gente ouve o som do vento e sente o cheiro do ar salgado. Sente o calor suave do sol nos braços. Se escreve sobre uma pequena sala cheia de fumaça de cigarro, pode apostar que o leitor começa a sentir falta de ar. E seus olhos vão arder. Uma prosa assim está acima da maior parte dos escritores. Sua escrita tem a força viva, que respira, de algo natural fluindo por ela. Neste exato instante, não está tudo reunido, mas isso não significa que está na hora de... fechar o piano.

Sumire ficou calada por uns bons dez, quinze segundos.

— Não está dizendo isso só para que eu me sinta melhor, para me animar, está?

— Não, não estou. É um fato inegável, evidente.

— Como o rio Moldau?

— Isso mesmo. Exatamente como o rio Moldau.
— Obrigada — disse Sumire.
— Não há do quê — respondi.
— Às vezes, você é a coisa mais doce. Como Natal, férias de verão e um cachorrinho, tudo uma coisa só.

Como sempre faço quando alguém me elogia, murmurei alguma resposta vaga.

— Mas tem uma coisa que me incomoda — disse Sumire. — Um dia, você vai se casar com uma boa garota e me esquecer completamente. E eu não vou poder ligar de madrugada sempre que quiser. Certo?

— Poderá ligar sempre durante o dia.

— Durante o dia não adianta. Você não entende nada, entende?

— Nem *você* — protestei. — A maioria das pessoas trabalha quando o sol nasce e apaga a luz à noite e vai dormir. — Mas eu podia muito bem estar recitando alguns poemas pastorais para mim mesmo no meio de um canteiro de abóboras.

— Saiu um artigo no jornal outro dia — disse Sumire, completamente distraída. — Dizia que as lésbicas nascem de uma maneira determinada; há um osso minúsculo no ouvido interno que é completamente diferente nas outras mulheres, que é o que faz toda a diferença. Um ossinho com um nome complicado. Portanto, ser lésbica não é adquirido, é genético. Um médico americano descobriu isso. Não tenho a menor ideia de por que ele estava fazendo esse tipo de pesquisa, mas desde que li sobre isso não consigo tirar da cabeça a ideia desse ossinho inútil dentro do meu ouvido. Imaginando que forma terá o meu.

Eu não soube o que dizer. Um silêncio desceu sobre nós, tão repentino quanto o instante em que o óleo é vertido em uma grande frigideira.

— Então tem certeza de que o que sente por Miu é desejo sexual? — perguntei.

— Certeza absoluta — Sumire disse. — Quando estou com ela, esse osso no meu ouvido começa a tocar. Da mesma maneira como uma delicada concha marinha ressoa. E quero que ela me abrace, e que tudo siga seu curso natural. Se não é desejo sexual, o que corre em minhas veias é suco de tomate.

— Humm — disse eu. O que eu, supostamente, poderia responder?

— Isso explica *tudo*. Por que não quero fazer sexo com nenhum homem. Por que não sinto nada. Por que sempre me achei diferente das outras pessoas.

— Importa-se que eu me intrometa? — perguntei.

— Tudo bem.

— Qualquer explicação ou lógica que explique tudo tão facilmente esconde uma armadilha. Falo por experiência própria. Alguém disse que, se existe alguma coisa que um único livro possa explicar, então não vale a pena ser explicada. O que quero dizer é que não tire conclusões precipitadas.

— Vou me lembrar disso — disse Sumire. E a ligação foi encerrada, de certa forma, abruptamente.

Imaginei-a desligando, saindo da cabine telefônica. No meu relógio, eram três e meia. Fui à cozinha, bebi um copo de água, aconcheguei-me de novo na cama e fechei os olhos. Mas o sono não veio. Abri a cortina, e lá estava a lua, flutuando no céu, como um órfão pálido e inteligente. Eu sabia que não voltaria a dormir. Preparei um bule de café, puxei uma cadeira para perto da janela e me sentei, comendo, ruidosamente, queijo e biscoitos. Fiquei ali, lendo, esperando amanhecer.

5

Está na hora de dizer algumas palavras sobre mim mesmo.

É claro que esta história é sobre Sumire, não sobre mim. Porém, é através dos meus olhos que a história é contada — a história de quem é Sumire e do que ela fez — e devo explicar um pouco a respeito do narrador. Eu, em outras palavras.

Acho difícil falar sobre mim mesmo. Sempre tropeço no eterno paradoxo *quem sou eu?* Claro, ninguém conhece tantos dados sobre mim quanto *eu*. Mas quando falo de mim mesmo, todo tipo de outros fatores — valores, padrões, minhas próprias limitações como observador — faz, a mim, o *narrador*, selecionar e eliminar coisas sobre mim, o *narrado*. Sempre me perturbou o pensamento de que não estou pintando um quadro muito objetivo de mim mesmo.

Esse tipo de coisa parece não incomodar a maior parte das pessoas. Tendo oportunidade, mostram-se surpreendentemente francas quando falam de si mesmas. "Sou franco e aberto em um nível absurdo", dirão, ou "Sou muito suscetível, não sou do tipo que se move no mundo com facilidade". Ou "Sou bom em sentir o verdadeiro sentimento dos outros". Porém, muitas vezes, vi pessoas que diziam se magoar facilmente magoarem o outro sem uma razão aparente. Gente que se diz franca e aberta, sem se dar conta do que está fazendo, usa descuidadamente alguma desculpa oportunista para conseguir o que quer. E aqueles "bons em sentirem os verdadeiros sentimentos dos outros" são enganados pela bajulação mais transparente. É o bastante para me fazer perguntar: "O quanto realmente nos conhecemos?".

Quanto mais penso nisso, mais prefiro protelar o tópico *mim mesmo*. O que gostaria era saber mais sobre a realidade objetiva das coisas *fora* de mim. Como o mundo exterior é importante para mim, como mantenho um senso de equilíbrio entrando em acordo com ele. *É assim* que obterei uma noção mais clara de quem sou.

Esse é o tipo de ideia que passava pela minha cabeça quando eu era adolescente. Assim como um mestre de obras estica bem sua corda e assenta um tijolo sobre o outro, construí esse ponto de vista — ou filosofia de vida, para enfeitar um pouco. A lógica e a especulação desempenharam um papel na formulação desse ponto de vista, porém, na sua maior parte, foi baseado em minhas próprias experiências. E por falar em experiência, vários episódios dolorosos me ensinaram que fazer os outros o compreenderem não era a coisa mais fácil do mundo.

O desfecho de tudo isso foi que quando eu era garoto comecei a traçar uma fronteira invisível entre mim e as outras pessoas. Independentemente de com quem estava lidando, mantinha uma distância fixa, monitorando com cuidado a atitude da pessoa de modo que não se aproximasse.

Eu não engolia facilmente o que os outros me contavam. Minhas únicas paixões eram os livros e a música. E, como podem imaginar, levava uma vida solitária.

A minha família não tem nada de especial. É, de fato, tão suavemente normal, que não sei por onde começar. O meu pai graduou-se em ciência em uma universidade local e trabalhou no laboratório de pesquisas de uma grande indústria de alimentos. Ele adorava golfe e, todo domingo, lá estava ele no campo. Minha mãe era louca por poesia *tanka** e frequentava, com assiduidade, recitais de poesia. Sempre que seu nome saía na seção de poesia do jornal, ela ficava feliz como uma cotovia durante dias. Gostava de limpar, mas detestava cozinhar. A minha irmã, cinco anos mais velha do que eu, detestava limpar e cozinhar. Isso eram coisas que outras pessoas faziam, imaginava, ela não. O que significa que, desde que passei a ter idade para entrar na cozinha, preparava todas as minhas refeições. Comprei alguns livros de culinária e aprendi a fazer quase tudo. Eu era a única criança que eu conhecia que vivia dessa maneira.

Nasci em Suginami, porém mudamos para Tsudanuma, na província de Chiba, quando eu era pequeno, e foi lá que cresci. O bairro estava repleto de famílias de colarinhos-brancos, como nós. A minha irmã era sempre a primeira da turma; não suportava não ser a melhor e não se afastava nem um centímetro do que lhe interessava. Ela nunca — nem mesmo uma vez — levou nosso cachorro para dar uma volta. Graduou-se na Faculdade de Direito da Universidade de Tóquio e passou no Exame de Ordem no ano seguinte, uma proeza. Seu marido é um consultor em direção de empresa, um profissional empreendedor. Moram em um apartamento de quatro aposentos que compraram em um edifício elegante perto do parque Yoyogi. Dentro, no entanto, ele é um chiqueiro.

Eu era o oposto da minha irmã, não me importando muito com estudar ou com minha posição na turma. Não queria ser repreendido por meus pais, de modo que ia às aulas, estudava o mínimo necessário para passar. O resto do tempo, jogava futebol e, quando estava em casa,

---

* Poema japonês de trinta e uma sílabas e cinco versos, sendo o primeiro e o terceiro de cinco sílabas e os outros de sete sílabas. (N. T.)

esparramava-me na cama, lendo um romance atrás do outro. Nada de escola além do horário normal, nada de professor particular. Ainda assim, as minhas notas não eram ruins. Nesse ritmo, pensei, eu poderia entrar em uma universidade decente sem ter de me matar de estudar. E foi exatamente o que aconteceu.

Iniciei a faculdade e passei a morar sozinho em um pequeno apartamento. Mesmo quando morava em casa, em Tsudanuma, quase não conversava francamente com minha família. Vivíamos juntos, sob o mesmo teto, mas os meus pais e minha irmã eram como estranhos para mim, e eu não fazia ideia do que queriam da vida. E o mesmo acontecia com eles — não faziam a menor ideia do tipo de pessoa que eu era ou a que eu aspirava. Não que eu soubesse o que estava buscando na vida — eu não sabia. Adorava ler romances por distração, mas não escrevia bem o suficiente para ser um romancista; ser editor ou crítico também estava fora de questão, já que as minhas preferências eram extremas. Os romances eram para o puro deleite pessoal, achava eu, não faziam parte de estudo ou trabalho. Por isso especializei-me em história, e não em literatura. Não tinha nenhum interesse especial em história, mas, quando comecei a estudá-la, achei-a absorvente. Não planejava me formar e me dedicar à história ou a qualquer outra coisa, embora meu orientador sugerisse isso. Eu gostava de ler e pensar, mas não fazia o gênero acadêmico. Como Pushkin colocou:

> *Ele não sentia nenhum comichão por cavar glórias*
> *Fundo na poeira que o tempo assentava.*

Tudo isso não significava que logo procuraria trabalho em uma empresa normal, cavaria meu caminho através da competição implacável e escalaria, degrau por degrau, as escadas escorregadias da pirâmide capitalista.

Desse modo, pelo processo de eliminação, acabei professor. A escola fica a apenas algumas estações de trem. Por acaso, meu tio fazia parte da Secretaria de Educação nessa cidade e me perguntou se eu não queria ser professor. Como não tinha todos os cursos de pedagogia requeridos, fui contratado como assistente; mas, depois de um breve período experimental, fui qualificado para ser um professor regular. Não tinha planejado ser professor, mas depois de me tornar um descobri um respeito e uma afeição pela profissão mais profundos do que jamais imaginaria vir a sentir. Mais exatamente, na verdade, devo dizer que acabei descobrindo a *mim mesmo*. Em pé, na frente da sala de aula, ensinando aos meus alunos da escola fundamental os fatos básicos da nossa língua, da vida, do mundo, descobri que, ao mesmo tempo, ensinava a mim mesmo tudo de novo — filtrado através dos olhos e mentes dessas crianças. Realizada da maneira certa, era uma experiência restauradora. Até mesmo, profunda. Eu me dei bem com meus alunos, com suas mães e meus colegas professores.

No entanto, as perguntas básicas me atiçavam: Quem sou eu? O que estou buscando? Aonde estou indo?

O mais perto que cheguei de respondê-las foi quando conversei com Sumire. Mais do que conversar sobre mim mesmo, no entanto, escutava, com atenção, o que dizia. Ela me lançava todo tipo de perguntas, e se eu não conseguisse sugerir uma resposta, ou se a minha resposta não fizesse sentido, podem acreditar que ela me diria. Ao contrário das outras pessoas, ela, *francamente, sinceramente,* queria ouvir o que eu tinha a dizer. Eu fazia o máximo para lhe responder, e as nossas conversas me ajudaram a me expor a ela — e, ao mesmo tempo, a mim mesmo.

Costumávamos passar horas conversando. Nunca nos cansávamos de conversar, nunca faltava assunto — romances, o mundo, paisagens, a língua. Nossas conversas eram mais abertas e íntimas do que a de quaisquer amantes.

Eu imaginava como seria maravilhoso se realmente pudéssemos ser amantes. Ansiava pelo calor de sua pele na minha. Eu nos imaginava casados, vivendo juntos. Mas tinha de encarar o fato de que Sumire não nutria tais sentimentos românticos por mim, muito menos desejo sexual. Ocasionalmente, ela ficava para passar a noite depois de termos conversado até as primeiras horas da madrugada, mas nunca houve nem o menor indício de romance. Às duas ou três horas da madrugada, ela bocejava, ia para a cama, afundava a cara no meu travesseiro, e logo adormecia. Eu espalhava alguma roupa de cama no chão e me deitava, mas não conseguia dormir, minha mente cheia de fantasias, pensamentos confusos, aversão por mim mesmo. Às vezes, as reações físicas inevitáveis me causavam aflição, e eu ficava ali, deitado, infeliz, até amanhecer.

Era difícil aceitar que ela quase não tinha sentimentos, que talvez não tivesse nenhum, por mim como homem. Isso feria tanto que, às vezes, era como se alguém estivesse me arrancando as entranhas com uma faca. Mas ainda assim o tempo que passei com ela foi mais precioso do que qualquer outra coisa. Ela me ajudou a esquecer a solidão velada na minha vida. Ela expandiu as arestas externas do meu mundo, ajudou-me a respirar fundo, mais suavemente. Somente Sumire poderia fazer isso por mim.

Para aliviar a dor e, eu esperava, eliminar qualquer tensão sexual entre nós, comecei a dormir com outras mulheres. Não estou dizendo que era um sucesso com mulheres. Eu não era. Não era o que se chama de garanhão nem afirmo possuir algum charme especial. No entanto, por alguma razão, algumas mulheres se sentiam atraídas por mim, e descobri que, se deixasse as coisas seguirem seu curso, não seria tão difícil conseguir que dormissem comigo. Esses pequenos prazeres nunca incitaram muita paixão em mim, foram, no máximo, uma espécie de conforto.

Eu não escondia meus casos de Sumire. Ela não sabia de todos os ínfimos detalhes, somente de uma maneira geral. Isso não parecia incomodá-la. Se havia algo perturbador em minhas aventuras, era o fato de as mulheres serem sempre mais velhas, serem casadas ou noivas, ou terem namorados firmes. Minha parceira mais recente era a mãe de um dos meus alunos. Dormíamos juntos mais ou menos duas vezes por mês.

Essa pode ser a sua morte, me alertou Sumire certa vez. E eu concordei. Mas não havia muito o que eu pudesse fazer a respeito.

Um sábado, no começo de julho, minha turma fez uma excursão. Levei meus trinta e quatro alunos para escalar a montanha em Okutama. O dia começou com uma atmosfera de excitação alegre, só para se encerrar em um caos total. Quando alcançamos o cume, duas crianças descobriram que tinham se esquecido de colocar seu lanche na mochila. Não havia lojas por perto, de modo que tive de dividir o meu próprio lanche *nori-maki** que a escola tinha fornecido. O que me deixou sem nada para comer. Alguém me deu um pedaço de chocolate, mas isso foi tudo o que comi durante o dia inteiro. Além disso, uma garota disse que não conseguia mais andar e eu tive de descer a montanha carregando-a nas costas. Dois garotos começaram a lutar, meio de brincadeira, e um deles caiu e bateu com a cabeça em uma pedra. Teve uma leve concussão e uma hemorragia nasal. Nada crítico, mas sua

---

* *Sushi* vegetariano feito especialmente para viagens, piqueniques ou merendas. (N. E.)

camisa ficou coberta de sangue, como se ele voltasse de um massacre. Como já disse, um caos total.

Quando cheguei em casa, estava exausto como um velho dormente de ferrovia. Tomei um banho, bebi de um trago algo gelado, aconcheguei-me na cama, cansado demais para pensar, apaguei a luz e entreguei-me a um sono tranquilo. E, então, o telefone tocou, uma ligação de Sumire. Olhei o relógio na cabeceira. Eu tinha dormido somente uma hora. Mas não resmunguei. Estava cansado demais para me queixar. Alguns dias são assim.

— Posso vê-lo amanhã à tarde? — perguntou ela.

A minha amiga viria ao meu apartamento às seis horas da tarde. Deveria estacionar seu Toyota Celica vermelho um pouco mais adiante na estrada.

— Estarei livre até as quatro — eu disse simplesmente.

Sumire estava com uma blusa branca sem mangas, uma minissaia azul-marinho e óculos escuros pequeninos. O seu único acessório era um pequeno prendedor de cabelo de plástico. Um traje simples. Estava quase sem maquiagem, exposta ao mundo como é. Mas, de certa forma, não a reconheci de início. Fazia só três semanas desde a última vez que tínhamos nos encontrado, mas a garota sentada do outro lado da mesa parecia alguém que pertencia a um mundo inteiramente diferente do mundo da Sumire que eu conhecia. Para não dizer outra coisa, era extremamente bela. Algo dentro dela estava desabrochando.

Pedi um chope pequeno, e ela, suco de uva.

— Quase não a reconheço atualmente — disse eu.

— É a fase — respondeu desinteressada, bebendo o suco com canudinho.

— Que fase? — perguntei.

— Uma adolescência atrasada, acho. Quando me levanto de manhã e vejo meu rosto no espelho, parece o de

outra pessoa. Se não tomo cuidado, acabo sendo deixada para trás.
— Então não é melhor simplesmente deixar rolar? — disse eu.
— Mas se perco a mim mesma, aonde poderei ir?
— Se for por alguns dias, pode ficar na minha casa. Será sempre bem-vinda. O você que perdeu *você*.
Sumire riu.
— Deixando a brincadeira de lado — disse ela —, aonde será que eu estou indo?
— Não sei. Pense no lado bom. Deixou de fumar, está vestindo roupas bonitas e limpas, até suas meias agora combinam, e pode falar italiano. Aprendeu a avaliar vinhos, usa um computador e, pelo menos por enquanto, dorme à noite e acorda de manhã. Você deve estar indo a algum lugar.
— Mas continuo sem escrever uma linha.
— Tudo tem seus altos e baixos.
Sumire contorceu os lábios.
— Chamaria o que estou passando de deserção?
— Deserção? — Por um momento, não entendi o que ela quis dizer.
— Deserção. Trair suas crenças e convicções.
— Refere-se a conseguir trabalho, se vestir bem e desistir de escrever romances?
— Exato.
Balancei a cabeça.
— Você sempre escreveu porque queria. Se não quer mais, por que deveria? Acha que ter parado de escrever vai fazer com que uma cidade seja destruída pelo fogo? Com que um navio afunde? Com que as marés se confundam? Ou atrasar a revolução em cinco anos? Dificilmente. Não creio que alguém chame isso de *deserção*.
— Então, como devo chamar?
Balancei a cabeça de novo.

— A palavra *deserção* é antiquada demais. Ninguém mais a usa. Vá a alguma comuna remanescente e, talvez, as pessoas ainda empreguem essa palavra. Não conheço os detalhes, mas, se não quer mais escrever, é assunto seu.
— Comuna? Diz os lugares que Lenin fez?
— Aqueles eram os *kolkhoz*. Não sobrou nenhum, aliás.
— Não é que eu queira deixar de escrever — disse Sumire. Ela refletiu por um momento. — É só que, quando tento escrever, não consigo. Sento-me à mesa e não me vem nada: nenhuma ideia, nenhuma palavra, nenhuma cena. Zero. Não faz muito tempo, eu tinha milhões de coisas sobre o que escrever. O que está acontecendo comigo?
— Está me perguntando?
Sumire assentiu com um movimento da cabeça.
Bebi um gole do meu chope gelado e organizei os pensamentos.
— Neste instante, acho que está se posicionando em uma nova estrutura ficcional. Está preocupada com isso, portanto não há necessidade de colocar seus sentimentos na escrita. Além disso, anda ocupada demais.
— *Você* faz isso? Você se põe dentro de uma estrutura ficcional?
— Acho que a maior parte das pessoas vive em uma ficção. Eu não sou exceção. Pense nisso em termos da engrenagem de um carro. É como um câmbio entre você e a realidade austera da vida. Pega a força de fora, em estado natural, e usa as marchas para ajustá-la de modo que fique tudo bem sincronizado. É assim que mantém seu corpo frágil intacto. Isso faz algum sentido?
Sumire balançou levemente a cabeça.
— E ainda não estou completamente ajustada a essa nova estrutura. É isso o que está dizendo?
— O maior problema neste exato instante é que você não sabe com que tipo de ficção está lidando. Não

conhece a trama. O estilo ainda não está definido. A única coisa que sabe é o nome da personagem principal. Não obstante, essa nova ficção está reinventando quem você é. Dê-lhe tempo, ela a trará debaixo da sua asa, e você poderá perfeitamente ter o vislumbre de um mundo totalmente novo. Mas ainda não chegou lá. O que a deixa em uma situação precária.

— Quer dizer que tirei a velha engrenagem, mas não terminei de parafusar a nova. E o motor continua a funcionar. Estou certa?

— Pode colocar dessa maneira.

Sumire fez a cara soturna de sempre e bateu o canudinho no gelo desafortunado em seu copo. Por fim, ergueu os olhos.

— Entendo o que quer dizer com *precário*. Às vezes, eu me sinto tão... sei lá... sozinha. O tipo de sentimento de impotência quando tudo a que se está acostumado foi despedaçado. Como se não houvesse mais a gravidade, e eu fosse deixada à deriva no espaço sideral. Sem a menor ideia de para onde estou sendo levada.

— Como um pequeno Sputnik perdido?

— Acho que sim.

— Mas você tem Miu — disse eu.

— Pelo menos por enquanto.

Por um certo tempo, reinou o silêncio.

— Acha que Miu também está buscando isso? — perguntei.

Sumire concordou com a cabeça.

— Acredito que sim. Provavelmente tanto quanto eu.

— Aspectos físicos incluídos?

— Isso é difícil de predizer. Eu ainda não sei direito. Quer dizer, quais são os sentimentos dela. O que faz com que eu me sinta perdida e confusa.

— Uma charada clássica.

Em vez de responder, Sumire contorceu os lábios de novo.

— Mas no que lhe diz respeito — eu disse — você está pronta para ir em frente.

Sumire balançou uma vez a cabeça, inequivocamente. Ela não poderia ter sido mais séria. Eu me afundei na cadeira e pus as mãos atrás da minha cabeça.

— Depois disso tudo, não comece a me odiar, está bem? — disse Sumire. Sua voz foi como uma fala em um velho filme preto e branco de Jean-Luc Godard, filtrando-se além da minha consciência.

— Depois disso tudo, não vou começar a odiá-la — repliquei.

Vi Sumire de novo duas semanas depois, em um domingo, quando a ajudei a se mudar. Ela decidiu se mudar de repente, só tinha a mim para ajudá-la. Além dos livros, tinha pouca coisa, e tudo estava terminado antes que nos déssemos conta. Uma coisa boa, pelo menos, em se ser pobre.

Pedi emprestada a pequena caminhonete Toyota de um amigo e transportei as coisas dela a seu novo apartamento em Yoyogi-Uehara. O apartamento não era tão novo nem tão atraente, mas em comparação à sua antiga construção de madeira em Kichijoji — um lugar que deveria constar na lista de locais históricos —, era definitivamente um progresso. Um corretor de imóveis amigo de Miu havia encontrado o apartamento para ela. Apesar do local, o aluguel era razoável e tinha uma bela vista. Era o dobro do outro em tamanho. Sem dúvida, a mudança valia a pena. O parque Yoyogi ficava perto, e ela poderia ir trabalhar a pé, se estivesse a fim.

— A partir do mês que vem, vou começar a trabalhar cinco dias por semana — disse Sumire. — Três dias por semana parece que não estou nem aqui nem lá, e, além disso, é mais fácil percorrer o caminho, se o fazemos todo dia. O aluguel agora é mais caro, e Miu me disse que seria melhor eu trabalhar em horário integral. Quer dizer, se eu fico em casa, continuo sem conseguir escrever.

— Parece uma boa ideia — comentei.

— Minha vida ficará mais organizada se eu trabalhar diariamente e, provavelmente, não ficarei ligando para você às três e meia da manhã. Um aspecto positivo disso tudo.

— Um aspecto *muito* positivo — disse eu. — Mas é pena você morar tão longe de mim.

— Sente mesmo isso?

— É claro. Quer que eu rasgue meu coração puro e mostre a você?

Eu estava sentado no chão vazio do novo apartamento, encostado na parede. Sumire era tão carente de objetos domésticos que a casa parecia deserta. Não havia cortinas nas janelas, e os livros que não cabiam na estante estavam empilhados no chão, como um bando de intelectuais refugiados. O espelho de corpo inteiro na parede, um presente tocante de Miu, era a única coisa que sobressaía. O grasnido das gralhas chegava do parque, trazido pela brisa do crepúsculo. Sumire sentou-se do meu lado.

— Sabe de uma coisa? — disse ela.

— Do quê?

— Se eu fosse uma lésbica que não fizesse nada na vida, você continuaria a ser meu amigo?

— Quer você seja uma lésbica imprestável ou não, não tem importância. Imagine uma coletânea dos maiores sucessos de Bobby Darin* sem "Mack the Knife". Assim seria a minha vida sem você.

Sumire apertou os olhos e olhou para mim.

* Cantor de rock do final dos anos 1950, início dos 1960. Seu primeiro sucesso foi "Splish, Splash", mas o que realmente o consagrou foi "Mack the Knife", da *Ópera dos Três Vinténs*, gravado em 1959. (N. E.)

— Não sei se entendi bem a sua metáfora, mas o que quis dizer é que se sentiria realmente só?

— Esta declaração encaixa-se perfeitamente — disse eu.

Sumire descansou a cabeça em meu ombro. Seu cabelo estava preso para trás com um pregador, e vi suas orelhas pequenas e bem-feitas. Orelhas tão bonitas que parecia que acabaram de ser criadas. Macias, orelhas que se machucariam facilmente. Senti sua respiração em minha pele. Ela usava calças legging rosa e uma camiseta azul-marinho lisa. O contorno dos bicos dos seios pequenos aparecia pela blusa. Havia um tênue odor de suor. O seu suor e o meu, os dois odores sutilmente misturados.

Eu queria muito abraçá-la. Fui tomado por um desejo violento de empurrá-la no chão ali mesmo, naquele instante. Mas sabia que estaria desperdiçando meus esforços. De repente, senti dificuldade de respirar, e o meu campo de visão se estreitou. O tempo se imobilizou, girando suas rodas. O desejo intumesceu-se em minha calça, duro como uma rocha. Fiquei confuso, aturdido. Tentei me controlar. Enchi os pulmões de ar fresco, fechei os olhos e, nesse escuro incompreensível, comecei a contar bem devagar. Minha ânsia era tamanha que lágrimas vieram aos meus olhos.

— Eu também gosto de você — disse Sumire. — Neste mundo todo, mais do que de qualquer outra pessoa.

— Depois de Miu, quer dizer — disse eu.

— Miu é um pouco diferente.

— Como assim?

— Os sentimentos que tenho por ela são diferentes do que sinto por você. O que quero dizer é que... humm. Como posso explicar?

— Nós, heterossexuais que não fazemos nada na vida, temos um termo para isso — disse eu. — Dizemos que sente tesão.

Sumire riu.

— Exceto ser romancista, nunca quis muito outra coisa. Sempre me satisfez o que eu tinha. Mas agora, neste exato momento, eu quero Miu. Muito, muito mesmo. Eu quero tê-la. Que ela seja minha. Eu simplesmente *tenho de*. Não tenho escolha. Sequer uma. Não faço a menor ideia de como as coisas acabaram assim. Isso... faz sentido?

Assenti com a cabeça. Meu pênis mantinha sua rigidez e rezei para que Sumire não notasse.

— Há uma fala muito boa de Groucho Marx — disse eu. — "Ela está tão apaixonada por mim, que não percebe nada. Por isso está apaixonada por mim."

Sumire riu.

— Espero que dê tudo certo — disse eu. — Mas tente o máximo possível ficar alerta. Você ainda é vulnerável. Não se esqueça disso.

Sem uma palavra, Sumire pegou minha mão e apertou-a delicadamente. Sua mão pequena e macia tinha um leve lustre de suor. Imaginei sua mão acariciando meu pênis duro como uma rocha. Tentei não pensar nisso, mas não consegui. Como Sumire tinha dito, não havia escolha. Imaginei-me tirando sua camiseta, sua calça, sua calcinha. Sentindo os bicos dos seios firmes, retesados, sob minha língua. Abrindo bem suas pernas, penetrando na umidade. Lentamente, na treva profunda lá dentro. Seduzido, envolvido, depois, empurrado para fora... A ilusão me dominou e não queria me largar. Fechei os olhos bem apertados e deixei que um pedaço concentrado do tempo me inundasse. Meu rosto virado para baixo, esperei pacientemente que o ar superaquecido soprasse para longe.

— Por que não jantamos juntos? — perguntou Sumire. Mas eu tinha de devolver a caminhonete a Hino no fim do dia. E, mais do que qualquer outra coisa, eu queria estar a sós com meus impulsos violentos. Não queria que Sumire se envolvesse mais do que já estava. Não sabia até onde conseguiria me controlar com ela do meu lado. Passado o ponto limite, eu poderia perder completamente o controle.

— Bem, então deixe-me lhe oferecer um belo jantar em breve. Toalha de mesa, vinho. Tudo. Talvez na semana que vem — prometeu Sumire quando nos despedimos. — Mantenha sua agenda livre para mim na próxima semana.

— O.k. — disse eu.

Relanceei os olhos para o meu rosto refletido no espelho de corpo inteiro. Tinha uma expressão estranha. Era o meu rosto, tudo bem, mas de onde tinha vindo esse olhar? Não fiquei a fim de retroceder e investigar mais profundamente.

Sumire ficou na entrada de seu novo apartamento para me ver partir. Acenou adeus, algo que fazia raramente.

No fim, como tantas belas promessas em nossa vida, o jantar nunca aconteceu. No começo de agosto, recebi uma longa carta dela.

6

O envelope veio estampado com um grande selo italiano e estava carimbado Roma, se bem que não consegui ver quando tinha sido enviado.

No dia em que a carta chegou, eu tinha ido a Shinjuku, pela primeira vez em muito tempo, pegar alguns livros novos na livraria Kinokuniya, e assistir a um filme de Luc Besson. Depois, passei por uma cervejaria e me deliciei com uma pizza de anchova e um caneco de cerveja preta. Antes da hora do rush, embarquei na Chuo Line e li um dos meus livros novos até chegar em Kunitachi. Pretendia fazer um jantar simples e assistir a uma partida de futebol na tevê. A maneira ideal de passar as férias de verão. Excitado, sozinho e livre, sem incomodar ninguém, e sem ninguém me incomodar.

Quando cheguei em casa, havia uma carta na caixa de correio. O nome do remetente não estava no envelope, mas um relancear de olhos à letra me disse que era de Sumire. Uma escrita hieroglífica, compacta, dura, intransigente. Escrita que lembrava os besouros descobertos dentro das pirâmides do Egito. Como se fosse rastejar e desaparecer nas trevas da história.

Roma?

Coloquei a comida que tinha comprado no supermercado na geladeira e me servi de um copo de chá gelado. Sentei-me em uma cadeira na cozinha, abri o envelope com uma faca e li a carta. Cinco páginas de papel de carta do Hotel Excelsior de Roma, preenchidas completamente com uma letra pequenina em tinta azul. Deve ter precisado de muito tempo para escrever tanto. Na última página, em um canto, tinha uma mancha — de café, talvez.

Como vai?

Imagino como deve estar surpreso por receber, de repente, uma carta minha de Roma. Mas você é tão tranquilo que, provavelmente, seria preciso mais do que Roma para surpreendê-lo. Roma é um pouco turística demais. Tinha de ser um lugar como a Groenlândia, Timbuktu ou o estreito de Magalhães, não tinha? Se bem que, tenho de admitir, é difícil acreditar que estou aqui, em Roma.

De qualquer maneira, lamento não ter podido levá-lo para jantar como combinamos. Esta viagem à Europa aconteceu inesperadamente, logo depois de eu me mudar. Foi uma loucura total durante alguns dias — providenciar correndo o passaporte, comprar malas, concluir alguns trabalhos. Não sou boa em lembrar coisas — não preciso lhe dizer isso, preciso? —, mas tento ao máximo cumprir minhas promessas. Isto é, aquelas de que me lembro. Por isso quero pedir desculpas por não ter cumprido o nosso jantar.

Realmente gosto do novo apartamento. Mudar com certeza dá trabalho (sei que foi você quem fez quase tudo, e estou grata; ainda assim, dá trabalho), mas depois que se está instalado, é muito bom. Não há galos cantando na nova casa, como em Kichijoji. Ao invés disso, há um monte de gralhas fazendo a maior algazarra, como velhas se lastimando. Quando amanhece, bandos delas se reúnem no parque Yoyogi e fazem tal tumulto que você acha que o mundo vai acabar. Não há necessidade de despertador, já que o alvoroço sempre me acorda. Graças ao que, agora, sou como você, levo uma vida de fazenda de dormir-cedo-levantar-cedo. Começo a saber como é ter alguém ligando às três e meia da manhã. Começo *a saber, entenda bem.*

Escrevo esta carta em um café ao ar livre em uma rua lateral de Roma, bebericando um expresso tão espesso quanto o suor do diabo, e tenho a estranha sensação de não ser mais eu mesma. É difícil pôr isso em palavras, mas acho que é como se eu estivesse dormindo profundamente e alguém tivesse vindo e me desmembrado, e me recomposto apressadamente. Uma sensação parecida com isso. Dá para entender o que quero dizer?

Os meus olhos me dizem que sou a mesma de antes, mas tem alguma coisa diferente, que destoa *do de sempre. Não que eu me recorde claramente do que era o "de sempre". Desde que saí do avião, não consigo enfraquecer essa ilusão real, desconstrutiva.* Ilusão? *Acho que é esta a palavra...*

Sentar-me aqui, perguntando a mim mesma "Por que estou em Roma, com tantos outros lugares?", faz com que tudo ao redor pareça irreal. É claro que se descrevo os detalhes de como cheguei aqui, conseguirei chegar a uma explicação, mas, lá no fundo, ainda não estou convencida. O eu sentado aqui e a imagem do eu que tenho estão fora de sincronia. Em outras palavras, não preciso, *particularmente, estar aqui, mas, mesmo assim, aqui estou. Sei que estou sendo vaga, mas você me compreende, não?*

Há uma coisa que posso afirmar: queria que você estivesse aqui. Mesmo tendo Miu comigo, sinto-me sozinha tão longe de você. Se estivéssemos ainda mais distantes, sei que me sentiria ainda mais só. Gosto de pensar que você sente o mesmo.

De qualquer maneira, aqui estamos Miu e eu, percorrendo a Europa. Ela tinha negócios a tratar e, embora planejasse, originalmente, ir à Itália e à França sozinha durante duas semanas, pediu que a acompanhasse como sua secretária pessoal. Ela simplesmente deixou isso escapar certa manhã, me pegando totalmente de surpresa. O meu cargo talvez seja o de "secretária pessoal", se bem que não acho que eu seja muito útil para ela. Mas a experiência será boa para mim, e Miu disse que a viagem foi um presente por eu parar de fumar. Portanto, toda a agonia que sofri acabou compensando.

Descemos primeiro em Milão, demos uma volta pela cidade, alugamos um Alfa Romeo azul e seguimos a autoestrada em direção ao sul. Fomos a alguns estabelecimentos vinícolas na Toscana e, depois de tratar dos negócios, passamos algumas noites em um hotelzinho encantador, e, por fim, chegamos a Roma. Os negócios são sempre tratados em inglês ou em francês, de modo que eu não tenho muita importância, se bem que o meu italiano seja útil no dia a dia. Se fôssemos à Espanha (o que infelizmente não acontecerá desta vez), talvez eu fosse mais útil para Miu.

O Alfa Romeo que alugamos não era hidramático, portanto também não fui de muita ajuda. Miu dirigiu todo o percurso. Ela é capaz de dirigir durante horas, e não parece se incomodar. A Toscana é cheia de curvas e colinas, e era incrível como ela mudava as marchas suavemente; observá-la me fez (e não estou brincando) estremecer toda. Estar longe do Japão, e simplesmente estar do lado dela, é o bastante para mim. Se, pelo menos, pudéssemos ficar assim para sempre.

Da próxima vez, vou escrever sobre a comida e o vinho maravilhosos que a Itália tem; teria de ter muito mais tempo agora para isso. Em Milão, fomos de uma loja a outra, comprando. Vestidos, sapatos, roupas íntimas. Além de um pijama (me esqueci de trazer o meu), não comprei nada. Eu não tinha muito dinheiro, e, além do mais, era tanta coisa linda que eu não saberia por onde começar. É o tipo de situação em que meu senso de julgamento dá um tilt. Só estar com Miu enquanto ela comprava já era o suficiente. Ela é uma compradora perita, escolhe apenas as coisas mais sofisticadas e compra somente as mais seletas. Como que experimentando a parte mais saborosa do prato. Muito elegante e charmosa. Quando a observava *escolher uma meia de seda e roupa íntima cara, quase perdia o fôlego. Gotas de suor pipocavam na minha testa. O que, pensando bem, é muito estranho. Afinal, sou uma garota. Acho que chega de falar de compras — além do que, escrever sobre tudo vai fazer a carta ficar longa demais.*

Nos hotéis, ficamos em quartos separados. Miu parece fazer questão disso. Só uma vez, em Florença, a nossa reserva se perdeu, não sei como, e tivemos de dividir o mesmo quarto. O quarto tinha duas camas, mas só o fato de dormir no mesmo espaço com ela já fez o meu coração disparar. Olhei de relance ela sair do banho com uma toalha enrolada no corpo, e ela mudando de roupa. Naturalmente, fingi não estar vendo e que lia um livro, mas consegui dar uma olhadela. Miu tem um corpo realmente bonito. Ela não estava completamente nua, usava uma calcinha pequena; mas, ainda assim, seu corpo me tirou a respiração. Muito esguia, traseiro firme, uma mulher atraente em todos os aspectos. Gostaria que você tivesse visto, se bem que é um tanto esquisito eu dizer isto.

Eu me imaginei sendo abraçada por esse corpo esguio, flexível. Todo tipo de imagem obscena passou pela minha cabeça, quando eu estava deitada na cama, no mesmo quarto com ela, e senti esses pensamentos me empurrando, gradativamente, a outro lugar. Acho que fiquei um pouco excitada demais — minhas regras vieram naquela mesma noite, adiantando-se muitos dias. Foi um sofrimento. Humm. Sei que lhe contar isso não leva a nada. Mas, ainda assim, vou em frente — só para ter os fatos anotados.

Na noite passada, fomos a um concerto em Roma. Eu não estava esperando muito, sendo fora de temporada, mas acabamos assistindo a uma apresentação fantástica. Martha Argerich tocando o Concerto para Piano nº 1 *de Liszt. Eu adoro essa peça. O regente foi Giuseppe Sinopoli. Que interpretação! Não tem como se desligar quando se ouve esse tipo de música — foi a música mais expansiva, mais fantástica, que já ouvi. Pensando bem, talvez tenha sido perfeita demais para o meu gosto. A peça de Liszt precisa ser um pouquinho manhosa e furtiva — como música em um festival de aldeia. Remova as partes difíceis e deixe-me sentir a emoção — é assim que gosto. Miu e eu concordamos nesse ponto. Há um festival de Vivaldi em Veneza e conversamos a respeito de ir. Como quando eu e você conversávamos sobre literatura, Miu e eu podemos conversar sobre música até o fim do dia.*

Esta carta está ficando comprida demais, não está? É como se, depois que pegasse a caneta e me pusesse a escrever, não conseguisse parar no meio do caminho. Sempre fui assim. Dizem que garotas bem-educadas não se demoram como hóspedes, mas quando se trata de escrever (talvez não somente escrever?) minhas maneiras são um caso perdido. O garçom, com seu paletó branco, às vezes me examina com uma expressão de repulsa na face. Mas até mesmo a minha mão está se cansando, tenho de admitir. Além do mais, acabou o papel.

Miu foi visitar uma velha amiga em Roma, e eu perambulei pelas ruas próximas ao hotel e decidi dar um tempo neste café, com que esbarrei por acaso, e aqui estou eu escrevendo sem parar para você. Como se eu estivesse em uma ilha deserta e enviasse uma mensagem dentro de uma garrafa. É estranho como, quando não estou com Miu, não sinto vontade de ir a lugar nenhum. Vim até Roma (e, provavelmente, nunca mais voltarei), e simplesmente não consigo me animar a levantar e ir ver aquelas ruínas — como se chamam? — ou as famosas fontes. Ou mesmo fazer compras. É o bastante ficar simplesmente sentada aqui, em um café, farejando o cheiro da cidade, como um cachorro faria, ouvindo as vozes e ruídos, e olhando, atentamente, a cara das pessoas que passam.

De repente, tenho a sensação, enquanto escrevo esta carta para você, de que o que descrevi no começo — a sen-

sação estranha de ser desmembrada — está começando a se esvaecer. Isso não me incomoda tanto agora. É como eu me sentia quando ligava para você no meio da noite e encerrava a conversa e saía da cabine de telefone. Será que você exerce esse tipo de efeito em mim?

O que acha? De qualquer jeito, por favor, reze por minha felicidade e boa sorte. Preciso de suas orações.

Até, por enquanto.

P.S. Provavelmente estarei de volta a casa mais ou menos no dia quinze de agosto. Então, poderemos jantar juntos — eu prometo! —, antes de o verão acabar.

Cinco dias depois, chegou uma segunda carta, postada em alguma obscura aldeia francesa. Uma carta mais curta do que a primeira. Miu e Sumire tinham entregado o carro alugado em Roma e pegado um trem para Veneza. Lá, ouviram dois dias inteiros de Vivaldi. A maior parte dos concertos foi apresentada na igreja em que Vivaldi havia servido como padre. "Se eu não ouvir Vivaldi por seis meses, estará tudo bem para mim", escreveu Sumire. As suas descrições dos deliciosos frutos do mar grelhados envolvidos em papel, em Veneza, foram tão realistas que me deram vontade de correr para lá e experimentar também.

Depois de Veneza, Miu e Sumire retornaram a Milão e, depois, voaram para Paris. Deram um tempo em Paris, comprando um pouco mais, em seguida embarcaram em um trem para a Borgonha. Um dos bons amigos de Miu era dono de uma casa imensa, na verdade uma quinta, onde ficaram. Como na Itália, Miu visitou, a negócios, várias pequenas vinícolas. Nas tardes livres, levavam uma cesta de piquenique com o lanche, e saíam a caminhar pela floresta próxima. Com umas duas garrafas de vinho para complementar a refeição, é claro. "O vinho daqui não é deste mundo", escreveu Sumire.

Mas parece que o nosso plano original de retornar ao Japão em quinze de agosto vai ser modificado. Depois de terminarmos o trabalho na França, talvez tiremos férias breves em uma ilha grega. O senhor inglês que conhecemos aqui — um verdadeiro cavalheiro — possui uma casa na ilha e nos convidou a permanecer nela o tempo que quisermos. Grandes novidades! Miu também gostou da ideia. Precisamos descansar do trabalho, um tempo para relaxar. Nós duas deitadas nas praias brancas do Egeu, dois belos pares de seios apontando para o sol, tomando vinho com perfume de resina de pinheiro, apenas observando as nuvens passarem. Não parece maravilhoso?

Com certeza, pensei.

Nessa tarde, fui à piscina pública e nadei um pouco. No caminho de volta para casa, passei por um café com ar-condicionado e li durante uma hora. Quando cheguei em casa, ouvi os dois lados de um velho LP, enquanto passava a ferro três camisas. Ao terminar de passar, bebi um vinho barato que tinha comprado em oferta, misturado com Perrier, e assisti à partida de futebol que eu tinha gravado. Toda vez que via um passe que achava que nem eu mesmo faria, balançava a cabeça e suspirava. Julgar o erro dos outros é fácil — parece muito bom.

Depois da partida de futebol, me afundei de volta na cadeira, olhei fixamente o teto e imaginei Sumire na aldeia na França. Agora, ela já deveria estar na tal ilha grega. Deitada na praia, observando as nuvens passarem. De qualquer maneira, ela estava muito longe de mim. Roma, Grécia, Timbuktu, Aruanda — não fazia diferença. Ela estava muito, muito longe. E, provavelmente, o futuro podia ser descrito em poucas palavras: Sumire se tornaria cada vez mais distante. Isso me entristeceu. Senti-me um inseto insignificante segurando-se, sem nenhuma razão especial, em um muro de pedra alto, em uma noite de vento, sem planos, sem crenças. Sumire disse que sentia falta de mim. Mas tinha Miu do seu lado, eu não tinha ninguém. Tudo o que eu tinha era — eu. Como sempre.

Sumire não retornou no dia quinze de agosto. A sua secretária eletrônica continuava com um breve *Estou viajando* gravado. Uma de suas primeiras compras, depois que se mudou, foi o telefone com secretária eletrônica. Assim, não precisaria sair nas noites chuvosas, o guarda-chuva na mão, até uma cabine telefônica. Uma ideia excelente. Não deixei mensagem.

Liguei de novo no dia dezoito, mas ouvi a mesma gravação. Após o bipe sem vida, deixei o meu nome e uma mensagem simples para ela me ligar quando chegasse. Provavelmente ela e Miu acharam a ilha grega divertida demais para terem vontade de partir.

No intervalo entre as minhas duas chamadas, fui o técnico de um treino de futebol na minha escola e dormi uma vez com a minha namorada. Ela estava bronzeada, tendo acabado de retornar das férias em Báli, com o marido e os dois filhos. Quando a abracei, pensei em Sumire na ilha grega. Dentro dela, não consegui evitar imaginar o corpo de Sumire.

Se não tivesse conhecido Sumire, eu teria me apaixonado por essa mulher, sete anos mais velha (e cujo filho era um dos meus alunos). Era uma mulher bonita, ativa, gentil. Usava maquiagem um pouco excessiva para o meu gosto, mas se vestia com elegância. Ela se preocupava por se achar um pouco gorda, mas nem precisava.

Certamente eu não me queixaria de sua figura sexy. Ela sabia todos os meus desejos, tudo o que eu queria e não queria. Sabia até onde ir e quando parar — na cama e fora da cama. Fazia-me sentir como se estivesse voando em primeira classe.

"Não durmo com meu marido há quase um ano", revelou, deitada em meus braços. "Você é o único."

Mas eu não podia amá-la. Pela razão que fosse, não havia a intimidade incondicional, natural, que existia entre mim e Sumire. Um véu fino, transparente, sempre se introduziu entre nós. Visível ou não, permanecia uma barreira. Silêncios constrangidos nos aconteciam o tempo todo — particularmente quando nos despedíamos. Isso nunca aconteceu comigo e Sumire. Estar com essa mulher confirmava um fato inegável: eu precisava de Sumire mais do que nunca.

Depois que a mulher foi embora, saí para dar uma volta sozinho, andando sem destino por um certo tempo, depois passei por um bar perto da estação e pedi um uísque com gelo. Como sempre em tais momentos, senti-me a pessoa mais infeliz do mundo. Engoli rapidamente o drinque e pedi mais um. Fechei os olhos e pensei em Sumire. Sumire de topless, tomando sol nas areias brancas de uma ilha grega. Na mesa do meu lado, quatro universitários, rapazes e moças, tomavam cerveja, rindo alto e se divertindo. Estava tocando uma música antiga de Huey Lewis and the News. Eu sentia o cheiro de pizza.

Quando a minha juventude escapuliu de mim? Pensei, de repente. *Estava* acabado, não estava? Ainda ontem eu estava crescendo. Huey Lewis and the News tinham algumas músicas de sucesso na época. Não fazia muito tempo. E agora, ali estava eu, dentro de um circuito fechado, girando minhas rodas. Sabendo que não chegaria a lugar nenhum, mas girando, assim mesmo. Eu tinha de. Tinha de mantê-las girando ou não conseguiria sobreviver.

Nessa noite, recebi um telefonema da Grécia. Às duas horas da manhã. Mas não era Sumire. Era Miu.

7

A primeira coisa que ouvi foi a voz grossa de um homem, com um inglês com sotaque carregado, que repetiu meu nome mecanicamente e, depois, gritou: "Estou falando com a pessoa certa, não?". Eu tinha adormecido rápido. A minha mente estava em branco, um campo de arroz no meio de um aguaceiro, e não consegui entender o que estava acontecendo. Os lençóis ainda retinham uma tênue recordação do sexo da tarde, e a realidade destoava, um cardigã abotoado errado. O homem disse o meu nome de novo.

— Estou falando com a pessoa certa?

— Sim, está — repliquei. Eu não me parecia com o meu nome, mas era eu. Por um certo tempo, houve um estalido da estática, como se duas massas de ar diferentes tivessem se chocado. Deve ser Sumire fazendo uma ligação internacional da Grécia, imaginei. Afastei um pouco o telefone do ouvido, esperando escutar a sua voz. Mas a voz que ouvi em seguida não foi a de Sumire, e sim a de Miu.

— Estou certa que Sumire falou de mim para você.

— Sim — respondi.

Sua voz ao telefone parecia distorcida por alguma substância longínqua, inorgânica, mas dava para sentir a sua tensão. Alguma coisa rígida e dura atravessou o telefone, como nuvens de gelo seco, e penetrou em meu quarto, despertando-me completamente. Sentei-me ereto na cama e ajeitei o telefone na mão.

— Tenho de falar rápido — disse Miu, ofegante. — Estou ligando de uma ilha grega, e é praticamente impossível conseguir falar com Tóquio. E, quando se consegue, a ligação cai. Tentei muitas vezes até, finalmente, conseguir. De modo que vou pular as formalidades e ir direto ao ponto, se não se importa.

— Não me importo.
— Pode vir para cá?
— Com "para cá" quer dizer Grécia?
— Sim. O mais cedo que puder.

Falei a primeira coisa que me passou pela cabeça.

— Aconteceu alguma coisa com Sumire?

Uma pausa enquanto Miu recobrava o fôlego.

— Ainda não sei. Mas acho que ela gostaria que você viesse. Tenho certeza disso.

— Você *acha* que ela gostaria?

— Não posso entrar em detalhes ao telefone. Nunca se sabe quando vão cortar a ligação, e, além disso, é um problema delicado, e prefiro falar com você pessoalmente. Pagarei a passagem de ida e volta. Venha. Quanto mais cedo melhor. Basta que compre o bilhete. Primeira classe, como você quiser.

O novo semestre na escola começava em dez dias. Eu teria de estar de volta antes disso, mas, se quisesse, um bilhete de ida e volta à Grécia não estava além da esfera do possível. Eu tinha sido escalado para ir duas vezes por semana à escola, durante esse intervalo, para cuidar de alguns assuntos, mas poderia conseguir alguém para me cobrir.

— Estou certo que posso ir — eu disse. — Sim, acho que posso. Mas aonde exatamente devo ir?

Ela me disse o nome da ilha. Anotei na parte de dentro da capa de um livro na mesa de cabeceira. O nome soava vagamente familiar.

— Pegue um avião de Atenas a Rodes, depois uma barca. Há duas por dia para a ilha, uma de manhã e outra à tardinha. Estarei no porto quando a primeira e a última barca chegarem. Vai vir?

— Acho que vou poder ir. É só que... — comecei a dizer, mas a frase estancou. De súbito, violentamente, como alguém cortando uma corda com uma machadinha. E, de novo, a terrível estática. Achando que a ligação seria restabelecida, fiquei ali por um minuto, o telefone contra o ouvido, esperando, mas tudo que ouvi foi esse barulho irritante. Desliguei o telefone e saí da cama. Na cozinha, tomei chá de cevada gelado e me encostei na geladeira, tentando organizar os pensamentos.

Eu ia realmente pegar um avião e voar até a Grécia? A resposta foi sim. Não tinha escolha.

Peguei um atlas grande na estante de livros para localizar a ilha de que Miu tinha falado. Ficava perto de Rodes, ela disse, mas não foi fácil encontrá-la no meio de miríades de ilhas que pontilhavam o Egeu. Finalmente, consegui localizar, em letras miúdas, o nome do lugar que eu procurava. Uma pequena ilha perto da fronteira com a Turquia. Tão pequena que não dava para ver a sua forma.

Tirei o passaporte da gaveta e verifiquei se ainda era válido. Em seguida, juntei todo o dinheiro que tinha na casa e o enfiei na minha carteira. Não era muito, mas poderia tirar mais do banco pela manhã. Eu tinha algum dinheiro em uma conta de poupança e mal tocara no bônus de verão. Isso mais o meu cartão de crédito dariam para a passagem de ida e volta da Grécia. Pus algumas roupas em uma sacola de vinil e joguei dentro um nécessaire. E dois romances de Joseph Conrad que eu pretendia reler. Hesitei em colocar um calção de banho, mas acabei levando-o. Talvez eu precisasse. O problema que fosse seria resolvido, todos continuariam saudáveis e felizes, com o sol pendendo tranquilamente no céu, e eu me deliciaria com uma nadada ou duas antes de voltar para casa. O que, evidentemente, seria o melhor resultado para todos os envolvidos.

Isso tudo arranjado, apaguei a luz, afundei a cabeça no travesseiro e tentei voltar a dormir. Eram três e pouco e eu ainda podia tirar um cochilo antes de amanhecer. Mas não consegui. Recordações da estática irritante alojaram-se no meu sangue. Lá no fundo da minha cabeça eu ouvia a voz daquele homem, gritando meu nome. Acendi a luz, saí novamente da cama, fui para a cozinha, preparei um pouco de chá gelado e o bebi. E relembrei toda a conversa com Miu, cada palavra. Suas palavras foram vagas, abstratas, repletas de ambiguidades. Mas havia dois fatos no que ela tinha contado. Anotei os dois em um bloco de notas.

1. Aconteceu alguma coisa com Sumire. Mas o que foi, Miu não sabe.

2. Tenho de ir para lá o mais rápido possível. Sumire também, Miu acha, quer que eu faça isso.

Olhei para o bloco de notas. E sublinhei partes das duas frases.

1. Aconteceu alguma coisa com Sumire. Mas o que foi, Miu <u>não sabe</u>.

2. Tenho de ir para lá o mais rápido possível. Sumire também, <u>Miu acha</u>, quer que eu faça isso.

Não consegui imaginar o que poderia ter acontecido com Sumire na pequena ilha grega. Mas estava certo de que tinha sido algo ruim. A questão era: *O quanto* ruim? Até amanhecer, não tinha nada que eu pudesse fazer a respeito. Sentei-me na cadeira, os pés na mesa, lendo um livro e esperando pela primeira luz que se manifestasse. Pareceu levar a vida toda.

Ao amanhecer, embarquei na Chuo Line para Shinjuku, pulei para dentro do Narita Express e cheguei ao aeroporto. Às nove, sondei os balcões das companhias aéreas só para ficar sabendo que não havia nenhum voo sem escalas de Narita a Atenas. Depois de algumas tentativas, reservei um bilhete, na classe executiva, em um voo da KLM para Amsterdã. Lá, eu trocaria por um voo para Atenas. Em Atenas, pegaria o voo doméstico da Olympic Airways para Rodes. O pessoal da KLM tratou de tudo. Se tudo corresse bem, eu faria as duas conexões sem problemas. Era a maneira mais rápida de chegar lá. O bilhete deixava em aberto a data da volta, eu poderia retornar em qualquer dia nos três meses seguintes. Paguei com o cartão de crédito. Bagagem para despachar?, perguntaram. Não, respondi.

Eu tinha tempo antes do voo, de modo que tomei o café da manhã no restaurante do aeroporto. Retirei algum dinheiro no caixa eletrônico e comprei *traveller's checks* em dólares americanos. Em seguida, comprei um guia da Grécia na livraria. O nome da ilha que Miu tinha dado não estava no livrinho, mas eu precisava de alguma informação sobre o país — a moeda, o clima, o básico. Além da história da Grécia antiga e do teatro clássico, não sabia muita coisa sobre o lugar. Tanto quanto eu conhecia a geografia de Júpiter ou o funcionamento interno do sistema de resfriamento de uma Ferrari. Nem uma vez na vida tinha pensado na possibilidade de ir à Grécia. Pelo menos, não até as duas da manhã desse dia em particular.

Quase meio-dia, liguei para uma das minhas colegas professoras. Algo lamentável havia acontecido com um parente meu, eu disse, por isso teria de me ausentar de Tóquio por mais ou menos uma semana, achei que você poderia cuidar das coisas na escola até eu voltar. Sem problemas, replicou ela. Tínhamos ajudado um ao outro várias vezes, não era problema nenhum.

— Aonde está indo? — perguntou ela.

— Shikoku — respondi. Eu não podia lhe dizer que estava partindo para a Grécia.

— Sinto muito — disse ela. — De qualquer maneira, volte para o início do novo semestre. E escolha uma lembrança para mim, se puder, o.k.?

— É claro — respondi. Só iria entender isso mais tarde.

Fui para a sala de espera da classe executiva, me afundei em um sofá e cochilei um pouco, um sono irrequieto. O mundo tinha perdido todo senso de realidade. As cores eram artificiais, os detalhes crus. O fundo era de papel machê, as estrelas feitas com lâminas de alumínio. Dava para ver a cola e a cabeça dos pregos mantendo tudo junto. Comunicações pelo alto-falante entravam e saíam rapidamente da minha consciência. "Os passageiros do voo 275 da Air France com destino a Paris..." No meio desse sonho ilógico — ou de vigília vacilante —, pensei em Sumire. Como um documentário de eras passadas, fragmentos dos momentos e lugares que partilhamos voltaram à minha mente. No alvoroço do aeroporto, com passageiros apressados, de lá para cá, o mundo que partilhei com Sumire pareceu miserável, indefeso, incerto. Nenhum de nós dois sabia nada que realmente importasse, nem tínhamos capacidade para retificar isso. Não havia nada sólido de que pudéssemos depender. Éramos praticamente zeros ilimitados, apenas pequenos seres lamentáveis levados de roldão de um tipo de esquecimento a outro.

Acordei com um suor desagradável, a camisa colada ao peito. O meu corpo estava apático, as minhas pernas inchadas. Era como se tivesse engolido um céu nublado. Devia estar pálido. Uma das funcionárias na sala de espera me perguntou, preocupada, se eu estava bem.

— Estou bem — respondi —, foi só o calor.

Gostaria de beber algo gelado?, perguntou ela. Pensei por um momento e pedi uma cerveja. Ela me trouxe uma toalhinha gelada, uma Heineken e um saquinho de amendoim salgado. Depois de enxugar o suor no rosto e beber metade da cerveja, me senti melhor. E consegui dormir um pouco.

O avião partiu de Narita na hora, tomando o rumo polar para Amsterdã. Eu queria dormir mais um pouco, de modo que tomei algumas doses de uísque e, quando acordei, jantei um pouco. Não estava com muito apetite e dispensei o café da manhã. Queria manter a mente vazia e, quando acordei, concentrei-me na leitura de Conrad.

Em Amsterdã, mudei de avião, cheguei a Atenas, fui ao terminal doméstico e, quase imediatamente, subi a bordo do 727 com destino a Rodes. O avião estava cheio de um bando animado de jovens de tudo que é país que se possa imaginar. Estavam todos bronzeados, usando camisetas de mangas ou sem mangas e shorts de jeans cortados. A maioria dos rapazes estava deixando a barba crescer (ou, talvez, tivessem se esquecido de se barbear), e o cabelo desgrenhado era preso em um rabo de cavalo. Vestido com calça bege, uma camisa polo branca de mangas curtas e uma jaqueta de algodão azul-escuro, eu estava deslocado. Tinha, até mesmo, esquecido de trazer uns óculos escuros. Mas quem poderia me censurar? Poucas horas antes, estava em meu apartamento em Kunitachi, preocupado com o que deveria fazer com o lixo.

No aeroporto de Rodes, perguntei à recepcionista onde poderia pegar a barca para a ilha. A barca estava em um porto próximo. Se eu me apressasse, talvez pegasse a do fim da tarde.

— Não pode estar lotada? — perguntei só para me certificar.

A mulher de nariz pontudo e idade indefinida, no balcão de informações, franziu o cenho e agitou a mão me dispensando.

— Sempre arrumam lugar para mais um — respondeu. — Não é um elevador.

Fiz sinal para um táxi e segui para o porto. Estou com pressa, falei, mas o motorista não deu mostras de entender o que eu disse. O carro não tinha ar-condicionado e um vento quente e empoeirado soprou na janela aberta. O caminho todo, o taxista — em um inglês rudimentar, desagradável — falou sem parar, fazendo uma crítica amarga e desesperançada do eurodólar. Eu fazia ruídos polidos para mostrar que estava acompanhando, mas, na verdade, não estava escutando. Observava, com os olhos apertados, o cenário de Rodes que passava indiferente lá fora. O céu estava sem nuvens, nenhum sinal de chuva. O sol cozia os muros de pedra das casas. Uma camada de pó cobria as árvores nodosas que margeavam a estrada, e as pessoas sentavam-se à sombra das árvores ou debaixo de tendas abertas e contemplavam, quase em silêncio total, o mundo. Comecei a me perguntar se estaria no lugar certo. Entretanto, os letreiros brilhantes em letras gregas, anunciando cigarros e ouzo,* que tomavam conta da estrada do aeroporto à cidade, disseram-me que, com certeza, eu estava na Grécia.

A barca da tardinha ainda estava no porto. Era maior do que eu tinha imaginado. Na popa, havia espaço para o transporte de carros, e dois caminhões médios cheios de alimento e artigos diversos e um velho sedã Peugeot já estavam a bordo, esperando a balsa desatracar. Comprei a passagem e subi. Mal tinha me sentado em uma espreguiçadeira, o cabo atado ao cais foi solto e o motor, posto em movimento. Dei um suspiro e olhei para o céu. Tudo que podia fazer, agora, era esperar que a embarcação me levasse para onde estava indo.

Tirei a jaqueta de algodão suada e empoeirada, dobrei-a e a meti dentro da bolsa. Eram cinco da tarde, mas o sol ainda

---

* Bebida alcoólica grega, tomada com água, semelhante ao Pernod francês. (N. T.)

estava no meio do céu, seu brilho ofuscante. A brisa soprava da proa, sob o toldo de lona, e sobre mim, e aos poucos fui me sentindo mais calmo. As emoções sombrias que haviam me tomado na sala de espera no aeroporto de Narita tinham desaparecido. Se bem que persistisse um gosto amargo.

Havia apenas alguns turistas a bordo, o que me sugeriu que a ilha aonde eu estava indo não era um local de veraneio tão popular. A grande maioria dos passageiros era gente local, principalmente velhos que tinham ido tratar de algumas coisas em Rodes e retornavam para casa. As compras feitas estavam cuidadosamente colocadas a seus pés, como animais frágeis. As faces das pessoas velhas eram todas profundamente marcadas com rugas e apáticas, como se o sol inclemente e uma vida de trabalho árduo tivessem lhes roubado a expressão.

Também havia alguns soldados jovens. E dois viajantes hippies, com mochilas pesadas, sentados no convés. Os dois com as pernas finas e o olhar inflexível.

Havia uma adolescente grega, usando uma saia comprida. Ela era adorável, seus olhos escuros, profundos. O cabelo comprido voava na brisa, enquanto ela falava com uma amiga. Um sorriso delicado insinuava-se no canto de sua boca, como se algo maravilhoso estivesse para acontecer. Seus brincos dourados cintilavam ao sol. Os soldados estavam recostados no parapeito do convés, fumando, a expressão calma, e lançavam, de vez em quando, olhares de relance na direção das garotas.

Eu bebia aos golinhos a soda limonada que tinha comprado na barca e olhava fixamente o mar azul-escuro e as ilhas minúsculas flutuando. A maioria era mais rochedos no mar do que ilhas propriamente ditas, completamente desertos. Aves marinhas brancas descansavam no topo dos penhascos, sondando o mar por peixes. Os pássaros ignoraram nosso barco. Ondas quebravam-se aos pés dos rochedos, criando uma orla branca deslumbrante. Ocasionalmente, eu localizava uma ilha habitada. Árvores de aparência resistente cresciam por toda a ilha, e casas de muros brancos pontilhavam as encostas. Barcos de cores vivas balançavam-se na enseada, os mastros altos inscrevendo arcos ao oscilarem com as ondas.

Um velho enrugado sentado do meu lado me ofereceu um cigarro. Obrigado, sorri, recusando com a mão, mas eu não fumo. Ofereceu, então, goma de mascar de hortelã. Aceitei, grato, e continuei a olhar o mar mascando chiclete.

Eram mais de sete horas quando a barca chegou à ilha. O sol abrasador tinha ultrapassado seu zênite, mas o céu continuava tão claro quanto antes, na verdade, a luz do verão tinha aumentado seu brilho. Como se, em uma placa imensa, o nome da ilha fosse escrito com letras gigantescas nos muros brancos de um edifício no porto. O barco deslizou obliquamente para o cais, e, um por um, os passageiros desceram a prancha de desembarque, a bagagem na mão. Em frente ao porto, um café ao ar livre, onde as pessoas que tinham ido esperar a barca faziam hora até reconhecerem quem tinham ido buscar.

Assim que desembarquei, procurei Miu. Mas não havia ninguém por ali que pudesse ser ela. Vários donos de hotéis aproximaram-se, perguntando se eu estava procurando um lugar onde passar a noite. "Não, não estou", eu respondia cada vez que perguntavam, balançando a cabeça. Mesmo assim, todos deixavam um cartão comigo antes de ir embora.

As pessoas que desembarcaram comigo dispersaram-se em todas as direções. Os que tinham ido fazer compras seguiram a pé para casa, os excursionistas foram para os hotéis ou hospedarias. Assim que as pessoas localizavam os amigos, recebiam-nos com abraços e apertos de mão e, então, partiam. Os dois caminhões e o Peugeot também desembarcaram e partiram ecoando seus motores. Até mesmo os cães e gatos que haviam se juntado por curiosidade já tinham se dispersado havia muito tempo. Os únicos que restavam eram um grupo de velhos queimados do sol que estavam com tempo, e eu, a bolsa de ginástica na mão, completamente deslocado.

Sentei-me no café e pedi chá gelado, me perguntando o que faria em seguida. Não havia muito o que fazer. A noite caía, eu não conhecia nada sobre a ilha e seu traçado. Se ninguém viesse depois de algum tempo, alugaria um quarto em algum lugar e, na manhã seguinte, voltaria ao porto, na esperança de dar de cara com Miu. Segundo Sumire, Miu era uma mulher metódica, por isso eu não acreditava que ela não fosse aparecer. Se não tinha podido ir ao porto, haveria uma boa explicação. Talvez não acreditasse que eu viesse tão rápido.

Eu estava morrendo de fome. Achava que a sensação de tamanha fome podia ser vista através de mim. Todo o ar marinho deve ter feito meu corpo perceber que não tinha sido alimentado desde a manhã. Mas eu não queria me perder de Miu, por isso decidi esperar mais um pouco no café. Volta e meia, passava um habitante da ilha e me relanceava os olhos curioso.

No quiosque próximo ao café, comprei um pequeno panfleto em inglês sobre a história e a geografia da ilha. Folheei-o enquanto bebericava um chá gelado inacreditavelmente sem sabor. A população da ilha aumentava no verão com os turistas e diminuía no inverno, quando as pessoas iam para outros lugares à procura de trabalho. A ilha não possuía uma indústria digna de ser mencionada, e a agricultura era muito limitada — azeitonas e umas duas variedades de frutas. E havia a pesca e o mergulho para pesca de esponja. Por isso, a partir do começo do século xx, a maior parte dos ilhéus imigrou para a América. A maioria foi para a Flórida, onde puderam aplicar melhor suas habilidades na pesca e no mergulho. Havia, até mesmo, uma cidade na Flórida com o nome da ilha.

No cume das montanhas, ficava uma estação de radar militar. Perto do porto civil, havia um segundo porto, menor, onde ancoravam as embarcações militares que faziam o patrulhamento. Com a fronteira turca próxima, os gregos queriam impedir a travessia ilegal e o contrabando. Por isso havia soldados na cidade. Sempre que acontecia uma disputa com a Turquia — de fato, conflitos em pequena escala irrompiam frequentemente —, o tráfico no porto era controlado.

Mais de dois mil anos atrás, quando a civilização grega estava no auge, a ilha, situada na rota principal para a Ásia, tinha florescido como um eixo comercial. Naquela época, as colinas ainda estavam cobertas de árvores verdes, usadas na próspera indústria de construção naval. Quando a civilização grega entrou em declínio, e todas as árvores foram derrubadas (uma mata abundante que nunca mais retornou), a ilha logo decaiu economicamente. Finalmente, os turcos a invadiram. Seu governo foi draconiano, segundo o panfleto. Se alguma coisa não era do seu agrado, decepava as orelhas e o nariz das pessoas com tanta facilidade quanto podava árvores. No fim do século xix, depois de inúmeras batalhas sangrentas, a ilha finalmente conquistou sua independência da Turquia, e a bandeira azul e branca da Grécia passou a tremular no porto. Depois, veio Hitler. Os alemães construíram um radar e uma estação meteorológica no alto das montanhas, para monitorar o mar, já que dali tinham a melhor visão possível. Uma força inglesa, oriunda de Malta, bombardeou a estação. Também bombardeou o porto, afundando vários barcos de pesca inocentes e matando alguns infelizes pescadores. No ataque, morreram mais gregos do que alemães, e alguns moradores antigos ainda guardam ressentimento contra o incidente.

Como na maioria das ilhas gregas, havia pouco espaço plano, as colinas geralmente íngremes, inclementes, com uma única cidade ao longo da costa, ao sul do porto. Distante do centro, havia uma praia bela e tranquila, mas, para chegar lá, tinha-se de escalar uma colina escarpada. Os lugares de fácil acesso não tinham praias tão bonitas, o que talvez fosse uma das razões por que o número de turistas permaneceu inalterável. Havia alguns mosteiros gregos ortodoxos no alto das colinas, mas os monges levavam uma vida estritamente contemplativa e não eram permitidos visitantes casuais.

Até onde entendi lendo o panfleto, essa era uma ilha grega típica. No entanto, por algum motivo, os ingleses acharam-na particularmente encantadora (os britânicos *são* um tanto excêntricos) e, em seu zelo pelo lugar, construíram uma colônia de chalés de veraneio em uma elevação perto do porto. No fim dos anos sessenta, vários escritores ingleses viveram ali e produziram seus romances contemplando o mar azul e as nuvens brancas. Várias dessas obras foram aclamadas pela crítica, resultando na reputação da ilha, entre os literatos britânicos, como um local romântico. Entretanto, no que diz respeito a esse aspecto notável da cultura da ilha, os gregos que a habitam não podiam ter-lhe dado menos importância.

Li tudo isso para manter minha mente desligada da fome que eu sentia. Fechei o panfleto e tornei a olhar em volta. Os velhos no café, como se estivessem competindo em um concurso de olhar fixo, contemplavam incessantemente o mar. Já eram oito horas da noite, e a minha fome transformava-se em algo próximo à dor física. O cheiro de carne assada e peixe grelhado chegava de não sei onde e, como um torturador bonachão, agarrava-me pelas entranhas. Não aguentei mais e me levantei. Assim que peguei minha bolsa e fiz menção de sair para procurar um restaurante, uma mulher apareceu silenciosamente na minha frente.

O sol, finalmente afundando no mar, iluminou diretamente a mulher, cuja saia branca até o joelho ondulou ligeiramente enquanto ela descia os degraus de pedra. Calçava tênis, e suas pernas eram as de uma menina. Usava uma blusa verde-clara sem mangas, um chapéu de aba estreita e carregava uma bolsa de pano a tiracolo. Seu andar era tão natural, tão comum, que ela se misturava à paisagem e, à primeira vista, tomei-a por uma habitante local. Mas veio diretamente a mim e, ao se aproximar, percebi suas feições asiáticas. Sentei-me quase que por reflexo, depois, tornei a me levantar. A mulher tirou os óculos escuros e disse meu nome.

— Desculpe ter-me atrasado tanto — disse ela. — Tive de ir à delegacia, e aquela papelada toda tomou muito tempo. E nunca pensei que você estaria aqui hoje. Amanhã, ao meio-dia, se chegar, pensei.

— Consegui fazer todas as conexões — disse eu. *Delegacia?*

Miu olhou diretamente em meus olhos e sorriu levemente.

— Tudo bem para você se conversamos enquanto comemos alguma coisa? Só tomei o café da manhã, hoje. E você? Está com fome?

— Com certeza — respondi.

Levou-me a uma taberna em uma rua lateral, próxima ao porto. Havia uma grelha de carvão na entrada, e todo tipo de peixe fresco cozinhando na grade de ferro. Gosta de peixe?, ela perguntou, e eu disse que sim. Miu falou com o garçom, fazendo o pedido em um grego rudimentar. Primeiro ele trouxe uma garrafa de vinho branco, pão e azeitonas. Sem brindes e sem mais delonga, servimo-nos de vinho e começamos a beber. Comi um pouco do pão tosco e algumas azeitonas para aliviar a dor causada pela fome.

Miu era linda. Minha primeira impressão foi a desse fato simples e óbvio. Não, talvez, não fosse tão simples nem tão óbvio. Talvez minha impressão fosse um terrível engano. Talvez, por alguma razão, eu tivesse sido tragado pelo sonho de outra pessoa. Pensando nisso agora, não consigo excluir essa possibilidade. Tudo o que posso afirmar é que, naquele momento, eu a vi como uma mulher extremamente atraente.

Miu usava vários anéis em seus dedos. Um era uma simples aliança de ouro. Enquanto eu tentava, às pressas, pôr mentalmente em ordem minha primeira impressão sobre ela, olhou-me com olhos delicados, tomando um gole de vinho.

— É como se já o conhecesse — disse ela. — Talvez porque ouvi falar de você o tempo todo.

— Sumire também me falou muito de você — eu disse.

Miu sorriu radiante. Quando sorria, e somente então, pequenas linhas encantadoras apareciam no canto de seus olhos.

— Então, acho que não precisamos nos apresentar.

Concordei com um movimento da cabeça.

Do que mais gostei em Miu foi que não tentava esconder sua idade. Segundo Sumire, ela devia ter trinta e oito, trinta e nove anos. E, realmente, parecia ter essa idade. Com seu corpo esguio, sólido e um pouco de maquiagem, poderia passar facilmente por alguém que ainda completaria trinta. Mas ela não fazia esse esforço. Miu deixava a idade subir à superfície naturalmente, aceitava-a como era e estava em paz com ela.

Miu pôs uma azeitona na boca, pegou o caroço com os dedos e, como uma poeta que acerta na cadência de seu poema, graciosamente desfez-se dele em um cinzeiro.

— Desculpe por ter ligado daquele jeito, no meio da noite — disse ela. — Gostaria de ter podido explicar melhor a situação, mas eu estava nervosa demais e não sabia por onde começar. Ainda não estou totalmente calma, mas a confusão inicial se assentou um pouco.

— Mas, afinal, o que aconteceu? — perguntei.

Miu cruzou as mãos sobre a mesa, separou-as, tornou a cruzá-las.

— Sumire desapareceu.

— *Desapareceu?*

— Como fumaça — disse Miu. Tomou um gole de vinho.

Ela prosseguiu.

— É uma longa história, por isso acho melhor começar do início e contá-la na ordem. Senão algumas das nuanças podem não ficar claras. A história em si é sutil. Mas vamos comer primeiro. Agora, não serão alguns minutos que terão importância, e é difícil pensar claro quando se está com fome. Além disso, aqui é um tanto barulhento para se conversar.

O restaurante estava cheio de gregos gesticulando e conversando turbulentamente. Para não precisarmos gritar um para o outro, Miu e eu nos inclinamos à frente, sobre a mesa, as nossas cabeças próximas enquanto falávamos. Dentro em pouco, o garçom trouxe um prato abarrotado de salada grega e uma grande beluga grelhada. Miu salpicou o peixe com um pouco de sal, espremeu metade de um limão e jogou um pouco de azeite sobre sua porção. Durante certo tempo, nos concentramos em comer. Como ela disse, cada coisa a seu tempo. Precisávamos abrandar nossa fome.

Quanto tempo eu poderia ficar lá?, perguntou ela. O novo semestre começa em uma semana, repliquei, de modo que preciso voltar nessa data. Senão as coisas vão ficar meio complicadas. Miu balançou a cabeça sem entusiasmo. Franziu os lábios e deu a impressão de estar decifrando alguma coisa. Não disse nada previsível como: "Não se preocupe, você estará de volta a tempo", ou "Imagino que as coisas já tenham sido resolvidas então". Ela chegou a uma conclusão pessoal, particular, que guardou em uma gaveta e, em silêncio, voltou a comer.

Depois do jantar, quando tomávamos café, Miu mencionou o assunto da passagem aérea. Incomoda-se de receber o dinheiro em *traveller's checks*?, perguntou. Ou então posso transferir o dinheiro para sua conta em ienes, quando você retornar ao Japão. O que prefere? Não estou sem dinheiro, posso pagar a viagem. Mas Miu insistiu em pagar. Fui eu que pedi que viesse, ela disse.

Balancei a cabeça.

— Não estou sendo polido ou coisa no gênero. Em pouco tempo, provavelmente eu teria vindo por conta própria. É isso que estou querendo dizer.

Miu refletiu um pouco e concordou.

— Estou muito grata a você. Por ter vindo. Não pode imaginar quanto.

Quando saímos do restaurante, o céu era um grande borrifo de cores. O tipo de ar que fazia a gente achar que, se o inalasse, os pulmões seriam tingidos do mesmo tom de azul. Estrelas miúdas começaram a cintilar. Mal podendo esperar o fim do longo dia de verão, os habitantes saíam para dar uma volta no porto depois do jantar. Famílias, casais, grupos de amigos. O perfume delicado da maré no fim do dia impregnava as ruas. Miu e eu andamos pela cidade. No lado direito da rua, enfileiravam-se lojas, pequenos hotéis e restaurantes com mesas na calçada. Uma luz amarela aconchegante iluminava as pequenas janelas, de venezianas de madeira, e música grega ressoava de um rádio. No lado esquerdo, o mar espalhava-se, ondas escuras quebrando, placidamente, no cais.

— Daqui a pouco, a estrada se tornará uma subida — disse Miu. — Podemos seguir por uma escada íngreme ou uma ladeira suave. Pela escada é mais rápido. Você se importa?

— Não, não me importo — respondi.

Estreitos degraus de pedra seguiam paralelos à encosta da colina. A escada era longa e íngreme, mas Miu, de tênis, não demonstrou sinais de cansaço, e não afrouxou o passo nem por um instante. A bainha de sua saia, logo à minha frente, farfalhava de maneira agradável, de lá para cá, a barriga da perna, bronzeada e bem torneada, brilhava sob a luz da lua quase cheia. Fiquei sem fôlego primeiro e tive de parar para respirar um pouco. À medida que subíamos, as luzes do porto iam ficando menores e mais distantes. Todas as atividades das pessoas que tinham estado do meu lado estavam absortas nessa série anônima de luzes. Era uma vista impressionante, algo que eu gostaria de recortar e pregar na parede da minha memória.

O lugar em que Miu e Sumire estavam era um pequeno chalé com uma varanda de frente para o mar. Muros brancos e uma cobertura de telhas vermelhas, a porta pintada de verde-escuro. Uma abundância de buganvílias vermelhas cobria o muro baixo de pedra que circundava a casa. Ela abriu a porta sem tranca e convidou-me a entrar.

O chalé era agradavelmente fresco. Tinha uma sala de estar, uma sala de jantar de tamanho médio e uma cozinha. As paredes eram de reboco branco, com algumas pinturas abstratas. Na sala de estar, havia um conjunto de sofá e poltronas, uma estante e um som estéreo. Dois quartos e um banheiro azulejado, pequeno, mas limpo. A mobília não era muito atraente, apenas confortável e aconchegante.

Miu tirou o chapéu e deixou a bolsa no balcão da cozinha. Quer beber alguma coisa?, perguntou. Ou prefere primeiro tomar um banho? Acho que antes vou tomar um banho, eu disse. Lavei o cabelo e me barbeei. Sequei o cabelo e vesti uma camiseta limpa e um short. Senti-me quase de volta ao normal. Embaixo do espelho do banheiro, havia duas escovas de dentes, uma azul, outra vermelha. Eu me perguntei qual seria a de Sumire.

Voltei para a sala e encontrei Miu em uma espreguiçadeira, com um copo de conhaque na mão. Ofereceu-me um, mas o que eu queria mesmo era uma cerveja gelada. Peguei uma Amstel na geladeira e despejei em um copo longo. Deixando-se afundar na cadeira, Miu ficou um longo tempo em silêncio. Não dava a impressão de estar buscando as palavras certas, mas sim de estar imersa em alguma recordação pessoal, uma recordação sem começo nem fim.

— Há quanto tempo está aqui? — arrisquei.

— Hoje é o oitavo dia — disse Miu, depois de refletir.

— E Sumire desapareceu daqui?

— Exato. E, como eu disse antes, simplesmente sumiu feito fumaça.

— Quando isso aconteceu?

— À noite, quatro dias atrás — disse ela, olhando em volta da sala como se procurasse uma pista. — Não sei por onde começar.

— Sumire me falou, em suas cartas, a respeito de irem de Milão para Paris — disse eu. — Depois de terem tomado o trem para a Borgonha. Ficaram na mansão de um amigo seu, em uma aldeia da Borgonha.

— Bem, então, continuarei a história a partir daí — disse Miu.

8

— Conheço há séculos os produtores de vinho nas redondezas dessa aldeia, assim como conheço seus vinhos como a palma da minha mão. Que tipo de vinho as uvas em uma determinada encosta, em um determinado campo, produzirão. Como o clima afeta o sabor, que produtores estão trabalhando mais, que filho está dando de tudo para ajudar seu pai. O empréstimo pedido por determinados produtores, quem comprou um novo Citroën. Esse tipo de coisa. Negociar vinho é como criar puros-sangues. Tem-se de conhecer a linhagem e a informação mais recente. Não se pode fazer negócio com base apenas no que tem um bom sabor e no que não tem.

Miu parou por um momento, para recuperar o fôlego. Parecia incapaz de decidir se prosseguia ou não. Prosseguiu.

— Há alguns lugares na Europa de onde compro, mas essa aldeia na Borgonha é o meu principal fornecedor. Por isso tento passar um bom tempo lá, pelo menos uma vez por ano, para renovar antigas amizades e me inteirar das últimas novidades. Sempre vou sozinha, mas, desta vez, visitaria primeiro a Itália, e decidi levar Sumire comigo. Às vezes, é mais conveniente ter outra pessoa em viagens desse tipo, e, além do mais, eu a tinha feito estudar italiano. No fim, decidi que *seria* melhor eu ir só e planejei inventar uma desculpa e mandá-la de volta para casa antes de partir para a França. Acostumei-me a viajar sozinha desde que era jovem e, por mais próximo que se seja da pessoa, não é muito fácil estar junto dia após dia.

"Sumire mostrou-se surpreendentemente capaz de cuidar de uma porção de detalhes para mim — ela continuou. — Comprar passagens, fazer reservas de hotel, negociar preços, manter o registro das despesas, procurar bons restaurantes locais. Esse tipo de coisa. Seu italiano melhorou muito, e eu gostava de sua curiosidade saudável, que me ajudou a experimentar coisas que nunca experimentaria se estivesse sozinha. Fiquei surpresa ao descobrir como era fácil estar com alguém. Senti dessa maneira, acho, porque havia algo especial que nos unia."

— Lembro muito bem da primeira vez que nos encontramos e conversamos sobre Sputnik. Ela estava falando sobre escritores beatniks, e eu entendi errado e disse "Sputnik". Rimos e isso quebrou o gelo. Sabe o que significa "Sputnik" em russo? "Companheiro de viagem." Vi num dicionário não faz muito tempo. Uma coincidência estranha, se pensar bem. Eu me pergunto por que os russos deram esse nome a seu satélite. É apenas uma pequena massa de metal girando em torno da Terra.

Miu calou-se por um momento e, então, continuou.

— De qualquer jeito, acabei levando Sumire comigo à Borgonha. Enquanto revia velhos conhecidos e tratava dos negócios, Sumire, cujo francês era inexistente, pedia o carro emprestado e rodava pela área. Em uma cidade, conheceu, casualmente, uma senhora espanhola idosa e conversaram em espanhol, ficando amigas. Essa senhora apresentou-a a um inglês hospedado em seu hotel. Ele tinha mais de cinquenta anos, um tipo de escritor, muito refinado e bonito. Tenho certeza de que era gay. Tinha um secretário que parecia ser seu namorado.

"Eles nos convidaram para jantar. Eram pessoas muito simpáticas e, ao conversarmos, percebemos que tínhamos conhecidos em comum, e achei que tinha encontrado minhas almas gêmeas.

"O inglês nos disse que tinha um pequeno chalé em uma ilha na Grécia e que ficaria feliz se o usássemos. Sempre o usavam durante um mês no verão, mas, neste ano, o trabalho o impediria de vir. As casas são para serem ocupadas, senão os caseiros se tornam preguiçosos, ele disse. De modo que, se não houver nenhum problema, fiquem à vontade para usá-lo. Em outras palavras, este chalé em que estamos."

Miu olhou em torno da sala.

— Quando eu estava na faculdade, visitei a Grécia. Foi uma dessas excursões relâmpago, em que pulamos de um porto para outro, mas, ainda assim, me apaixonei pelo país. Por isso a oferta de uma casa em uma ilha grega, para ficarmos quanto quiséssemos, foi tão tentadora. Sumire também aceitou rapidamente a oportunidade. Eu me ofereci a pagar um preço justo para alugar o chalé, mas o inglês recusou, dizendo que não estava no ramo de aluguéis. Discutimos durante um certo tempo e acabamos acertando que eu enviaria uma caixa de vinho tinto à sua casa em Londres como agradecimento.

"A vida na ilha é como um sonho. Pela primeira vez, não sei em quanto tempo, pude desfrutar de férias de verdade, sem me preocupar com nenhum compromisso, sem ter hora para nada. Os meios de comunicação são um pouco atrasados. Você já sabe sobre o terrível serviço telefônico, e não existem fax nem internet. Retornar a Tóquio mais tarde do que originalmente planejado criaria problemas para outras pessoas, mas, depois de chegar aqui, isso parecia não ter mais importância.

"Sumire e eu acordávamos cedo, púnhamos na bolsa toalhas, água e protetor solar, e íamos para a praia do outro lado das montanhas. A costa é tão bela que deixa a gente sem fôlego. A areia é branquinha e quase não tem ondas. Mas é um pouco contramão, e poucas pessoas vão até lá, especialmente de manhã. Todo mundo, homens e mulheres, nada nu. Nós também. É fantástico nadar no azul do mar de manhã, nus como quando nascemos. A gente se sente como se estivesse em outro mundo.

"Quando cansávamos de nadar, Sumire e eu deitávamos na praia e nos bronzeávamos. No começo, ficávamos um pouco envergonhadas por estarmos nuas na frente uma da outra, mas, quando nos acostumamos, foi tranquilo. A energia do lugar estava agindo sobre nós, suponho. Passávamos protetor solar uma nas costas da outra, ficávamos ao sol indolentemente, lendo, cochilando, papeando. Isso me fazia sentir totalmente livre.

"Atravessávamos as montanhas de volta para casa, tomávamos banho e fazíamos uma refeição leve e, então, descíamos a escadaria para a cidade. Tomávamos chá em um café no porto, líamos o jornal inglês. Comprávamos comida, íamos para casa e passávamos o tempo como quiséssemos até anoitecer. Lendo na varanda ou ouvindo música. Às vezes, Sumire ficava em seu quarto, aparentemente escrevendo. Eu a ouvia abrir seu PowerBook e bater nas teclas. À noitinha, saíamos para o porto para ver a barca chegar. Tomávamos um refresco e observávamos as pessoas desembarcarem."

— Ali estávamos nós, sentadas em silêncio, na beirinha do mundo, e ninguém podia nos ver. Era assim que parecia: como se Sumire e eu fôssemos as únicas pessoas ali. Não havia mais nada em que pensar. Eu não sentia vontade de me mexer, de ir a lugar nenhum. Só queria permanecer assim o resto da vida. Eu sabia que era impossível. Nossa vida aqui era apenas uma ilusão momentânea, e, um dia, a realidade nos puxaria de volta ao mundo de onde tínhamos vindo. Mas, até essa hora chegar, eu queria aproveitar cada dia o máximo possível, sem me preocupar com nada. Adorávamos nossa vida aqui. Até quatro dias atrás.

Na quarta manhã aqui, foram, como sempre, à praia, mergulharam nuas, voltaram para casa e tornaram a sair para o porto. O garçom do café lembrava-se delas — as gorjetas generosas que Miu deixava não faziam mal a ninguém — e as saudou calorosamente. Fez um comentário amável de como estavam bonitas. Sumire foi ao quiosque e comprou o jornal inglês publicado em Atenas. Esse era seu único vínculo com o mundo exterior. A tarefa de Sumire era ler o jornal. Ela verificava a cotação da bolsa e traduzia alto para Miu alguma notícia mais importante ou um artigo interessante com que esbarrava.

O artigo que Sumire escolheu para ler alto naquele dia foi uma reportagem sobre uma senhora de setenta anos que havia sido comida por seus gatos. Acontecera em um pequeno subúrbio de Atenas. A vítima tinha perdido o marido, um empresário, onze anos antes e, desde então, levara uma vida tranquila em um apartamento de dois aposentos e vários gatos como seus únicos amigos. Um dia, a mulher caiu de bruços no sofá, depois de um ataque cardíaco, e morreu. Não se sabe quanto tempo se passou entre o ataque e sua morte. De qualquer maneira, a alma da mulher passou por todos os estágios para se despedir de seu velho companheiro, o corpo que habitara por setenta anos. Ela não tinha parentes nem amigos que a visitassem regularmente, e seu corpo só foi descoberto uma semana depois. As portas e as janelas estavam fechadas, e os gatos não tinham como sair depois da morte de sua dona. Não havia comida no apartamento. Devia ter um pouco na geladeira, mas os gatos não possuem a habilidade de abrir portas de geladeiras. Famintos, devoraram a carne de sua dona.

Tomando, volta e meia, um gole do seu café, Sumire traduziu o artigo por etapas. Algumas abelhas zumbiram em torno da mesa, pousando para lamber a geleia que o cliente anterior tinha derramado. Miu contemplava o mar através de seus óculos escuros, escutando atentamente o que Sumire lia.

— O que aconteceu depois? — perguntou Miu.

— É só isso — disse Sumire, dobrando o tabloide pela metade e o pondo sobre a mesa. — É tudo o que o jornal diz.

— O que terá acontecido com os gatos?

— Não sei... — disse Sumire, torcendo os lábios e refletindo. — Os jornais são todos iguais. Nunca dizem o que queremos realmente saber.

As abelhas, como que sentindo alguma coisa, levantaram voo e sobrevoaram em círculo, com um zumbido cerimonioso, durante algum tempo, depois pousaram de novo sobre a mesa. Voltaram a lamber a geleia.

— Ficamos sem saber o destino dos gatos — disse Sumire, puxando a gola da camiseta de tamanho maior que o seu e alisando as pregas. Com a camiseta, usava short, mas, como Miu sabia, nada por baixo. — Os gatos que desenvolvem um gosto por carne humana podem se transformar em comedores de seres humanos, de modo que, talvez, tenham sido sacrificados. Ou talvez a polícia tenha dito: "Ei, vocês já sofreram o bastante", e os tenha absolvido.

— Se você fosse o prefeito ou o chefe de polícia, o que faria?

Sumire refletiu.

— O que acha de serem colocados em uma instituição e readaptados? De transformá-los em vegetarianos.

— Não é má ideia. — Miu riu. Tirou os óculos e virou-se para Sumire. — Esta história me lembra a primeira preleção que tive quando estudei em um ginásio católico por seis anos. Nunca lhe contei que frequentei uma escola católica, rigorosa, só para meninas, durante seis anos? Fiz o primário e depois fui fazer o ginásio nessa escola. Logo depois da cerimônia de admissão, uma freira velha e decrépita levou todas nós, as novas alunas, para um auditório e falou sobre a ética católica. Era uma freira francesa, mas seu japonês era fluente. Ela falou sobre todo tipo de coisas, mas do que me lembro é da história dos gatos e da ilha deserta.

— Parece interessante — disse Sumire.

— Você sofre um naufrágio e é arrastada para uma ilha deserta. Somente você e um gato conseguem sobreviver em um bote salva-vidas. Ficam à deriva por um certo tempo e acabam parando em uma ilha deserta, uma ilha rochosa, sem nada para comer. Nem água, nada. No bote salva-vidas há biscoito e água para dez dias, e só. A história começa assim.

"A freira olhou em volta do auditório e disse com uma voz grave, clara: 'Fechem os olhos e imaginem esta cena. Você foram arrastadas para uma ilha deserta com um gato. É uma ilha solitária no fim do mundo. É quase impossível que venham resgatá-las em dez dias. Quando a comida e a água terminarem, vocês morrerão. Bem, o que fariam? Como o gato está sofrendo tanto quanto você, dividiriam a escassa comida com ele?' A irmã ficou em silêncio e olhou para nós. 'Não. Isso seria um erro', ela prosseguiu. 'Quero que entendam que dividir a comida com o gato seria um erro. A razão é que vocês são seres preciosos, eleitos por Deus, e o gato, não. Por isso, a comida deveria ser consumida só por vocês.' A freira tinha uma expressão terrivelmente grave.

"De início, achei que era alguma piada. Fiquei esperando pelo desfecho. Mas não houve. Ela dirigiu sua fala para o tema da dignidade e do valor humanos, e tudo isso ficou na minha cabeça. Quer dizer, qual seria, realmente, a importância de contar essa história para crianças que tinham acabado de entrar na escola? Eu não conseguia entender. E *ainda* não consigo."

Sumire refletiu.

— Estava querendo dizer se seria legal acabar comendo o gato?

— Bem, não sei, ela não foi tão longe.

— Você é católica?

Miu negou com a cabeça.

— Essa escola era, por acaso, perto da minha casa, por isso fui para lá. Eu também gostava do uniforme. Eu era a única cidadã não japonesa da escola.

— Teve experiências ruins?

— Por ser coreana?

— Sim.

De novo, Miu sacudiu a cabeça.

— A escola era muito liberal. As normas eram rigorosas e algumas irmãs eram excêntricas, mas a atmosfera, em geral, era progressista, e não, nunca sofri nenhum preconceito. Fiz algumas boas amigas e, de modo geral, gostei de lá. Tive algumas experiências desagradáveis, mas depois que saí para o mundo real. Mas nada tão raro. Acontece com a maioria das pessoas.

— Ouvi dizer que, na Coreia, comem gatos. É verdade?

— Também ouvi a mesma coisa. Mas ninguém que eu conheço come.

A conversa acontecera na hora mais quente do dia, e a praça principal, no começo da tarde, estava praticamente deserta. A maior parte das pessoas estava fechada em uma casa fresca, tirando um cochilo. Somente estrangeiros curiosos se arriscavam a sair nessa hora do dia.

Havia a estátua de um herói na praça. Ele tinha liderado uma rebelião no continente grego e combatido os turcos que controlavam a ilha, mas foi capturado e condenado à morte por empalação. Os turcos firmaram uma estaca afiada na praça e enfiaram o infeliz do herói nela, nu. Lentamente, a estaca penetrou seu ânus, até chegar à boca; ele levou horas para morrer. A estátua foi, supostamente, erigida no local em que isso aconteceu. Quando foi construída, a estátua de bronze do herói deve ter sido uma visão imponente, mas, ao longo dos anos, com o vento marinho, a poeira e os dejetos das gaivotas, mal se distinguiam as feições do homem. O povo da ilha nem mesmo olhava de relance ao passar pela estátua depauperada, e o próprio monumento parecia ter dado as costas ao mundo.

— Por falar em gatos — Sumire disse de repente —, tenho uma recordação muito estranha de um. Quando estava no segundo ano fundamental, tivemos um bonito gatinho de seis meses. Eu estava na varanda certo fim de tarde, lendo um livro, quando o gato começou a correr feito louco ao redor da base de um grande pinheiro no jardim. Os gatos fazem isso. Não havia nada lá, mas, de repente, ele silvou, arqueou o lombo, pulou para trás, o pelo arrepiado e o rabo levantado, na posição de ataque.

"O gato estava tão excitado que nem notou que eu o olhava da varanda. Era uma visão tão estranha, que larguei o livro e o observei. O gato parecia não se cansar de seu jogo solitário. Na verdade, com o tempo, foi ficando mais determinado. Como se estivesse possuído."

Sumire bebeu água e coçou levemente a orelha.

— Quanto mais eu olhava, mais assustada ficava. O gato via alguma coisa que eu não via e, o que quer que fosse, estava deixando-o frenético. Por fim, começou a correr em volta do tronco da árvore a uma velocidade tremenda, como o tigre que se transforma em manteiga naquela história infantil. Finalmente, depois de correr sem parar, o gato escalou o tronco da árvore. Dava para ver seu rosto miúdo espiando por entre os galhos lá em cima. Da varanda, eu o chamei alto, mas ele não me ouviu.

"Por fim, o sol se pôs e o vento frio de fim do outono começou a soprar. Sentei-me na varanda, esperando o gato descer. Era um gato afável e imaginei que, se ficasse ali esperando, ele apareceria. Mas não apareceu. Nem mesmo o ouvi miar. Foi ficando cada vez mais escuro. Fiquei com medo e contei para a minha família. 'Não se preocupe', eles me disseram, 'deixe-o em paz e ele não vai demorar a descer.' Mas o gato nunca mais voltou."

— O que quer dizer com "nunca mais voltou"? — perguntou Miu.

— Simplesmente desapareceu. *Feito fumaça.* Todos me disseram que ele deve ter descido da árvore à noite e ido embora. Gatos ficam excitados e sobem em árvores, depois ficam assustados quando percebem como subiram alto e não descem. Acontece o tempo todo. Se o gato ainda estiver lá, disseram, vai miar para que saiba que está lá. Mas não consegui acreditar nisso. Achei que o gato estava agarrado em um galho, apavorado, incapaz de gritar. Quando voltei da escola, sentei-me na varanda, olhei para o pinheiro e, de vez em quando, chamava o gato por seu nome. Nenhuma resposta. Depois de uma semana, desisti. Eu gostava desse gatinho e fiquei muito triste. Sempre que olhava para o pinheiro, imaginava o pobrezinho, morto, completamente frio, ainda agarrado ao galho. O gato não indo a lugar nenhum, morrendo de fome e tremendo lá em cima.

Sumire olhou para Miu.
— Nunca mais tive um gato. Ainda gosto deles, mas decidi, na época, que o pobrezinho que subiu a árvore e nunca mais retornou seria o meu primeiro e último gato. Não conseguia esquecer esse gatinho e começar a amar outro.

— Foi isso que conversamos nessa tarde no café — disse Miu. — Achei que eram apenas recordações inofensivas, mas agora tudo parece ter importância. Talvez seja só imaginação minha.
Miu virou-se e olhou pela janela. A brisa que soprava do mar fez a cortina pregueada farfalhar. Com a sua contemplação do escuro, a sala pareceu adquirir um silêncio ainda mais profundo.
— Importa-se que eu faça uma pergunta? Desculpe-me se parecer sem propósito, mas está me incomodando — eu disse. — Você disse que Sumire desapareceu, sumiu "feito fumaça", como colocou. Quatro dias atrás. E você foi à polícia. Certo?
Miu anuiu com um movimento da cabeça.
— Por que pediu que eu viesse, ao invés de entrar em contato com a família dela?
— Não tenho nenhuma pista sobre o que aconteceu com ela. E sem nenhuma prova sólida, não sabia se devia afligir seus pais. Sofri com isso por algum tempo e decidi esperar e ver.
Tentei imaginar o belo pai de Sumire pegando a barca para a ilha. Sua madrasta, compreensivelmente magoada pelo rumo dos acontecimentos, o acompanharia? Seria uma bela confusão. Até onde me dizia respeito, no entanto, as coisas já estavam confusas. Como uma estrangeira poderia desaparecer em uma ilha tão pequena por quatro dias?
— Mas por que me chamou?

Miu juntou de novo suas pernas nuas, segurou a bainha da saia e a puxou para baixo.

— Você era o único com quem eu podia contar.

— Mas não me conhecia.

— Sumire confiava mais em você do que em qualquer outra pessoa. Ela disse que você pensava profundamente nas coisas, independentemente do assunto.

— Definitivamente, a opinião de uma minoria, receio.

Miu apertou os olhos e sorriu, e as rugas minúsculas apareceram.

Levantei-me e peguei seu copo vazio. Fui à cozinha, pus um pouco de Courvoisier no copo e voltei à sala. Ela agradeceu e aceitou o conhaque. O tempo passava, a cortina esvoaçando em silêncio. A brisa tinha a fragrância de um lugar diferente.

— Você quer realmente, *quer mesmo* saber a verdade? — perguntou Miu. Ela parecia esgotada, como se tivesse tomado um decisão difícil.

Ergui os olhos e olhei fixo para ela.

— Uma coisa que posso dizer com absoluta certeza — eu disse — é que, se não quisesse saber a verdade, eu não estaria aqui.

Miu olhou na direção das cortinas. E, por fim, falou, com a voz tranquila.

— Aconteceu naquela noite, depois que conversamos sobre gatos no café.

9

Depois da conversa sobre gatos no café, no porto, Miu e Sumire foram à mercearia e retornaram ao chalé. Como sempre, relaxaram até o jantar. Sumire ficou em seu quarto, escrevendo em seu laptop. Miu deitou-se no sofá, na sala de estar, as mãos cruzadas atrás da cabeça, os olhos fechados, ouvindo o disco de Julius Katchen interpretando as baladas de Brahms. Era um antigo LP, mas a performance era graciosa, emocional e memorável. Nem um pouco presunçosa, mas completamente expressiva.

— A música está incomodando você? — perguntou Miu uma vez, na porta do quarto de Sumire. A porta estava aberta.

— Brahms nunca me incomoda — disse Sumire, virando-se.

Era a primeira vez que Miu via Sumire escrevendo tão absorta. Sua boca estava bem fechada como a de um animal predador, os olhos mais profundos que normalmente.

— O que está escrevendo? — perguntou Miu. — Um novo romance Sputnik?

A tensão em torno da boca de Sumire abrandou-se um pouco.

— Nada de mais. Apenas coisas que me passam pela cabeça e que podem vir a ser usadas um dia.

Miu retornou ao sofá e, de novo, submergiu na miniatura do mundo que a música reconstituía à luz do sol vespertino; como seria maravilhoso, pensou, tocar Brahms tão bem. Eu sempre tinha problemas com as obras menores de Brahms, especialmente as baladas, refletiu. Nunca conseguia me entregar a esse mundo de nuanças e suspiros volúveis, efêmeros. No entanto, hoje, eu seria capaz de tocar Brahms melhor do que antes. Mas Miu sabia muito bem: *Não posso tocar nada. Nunca mais.*

Às seis e meia, as duas prepararam o jantar na cozinha e o comeram na varanda. Uma sopa de pargo e ervas aromáticas, salada e pão. Beberam um pouco de vinho branco e, depois, café quente. Observaram um barco de pesca surgir a sotavento, ao abrigo da ilha, e inscrever um pequeno arco branco ao deslizar para o porto. Sem dúvida, uma refeição quente aguardava os pescadores em suas casas.

— A propósito, quando iremos embora? — perguntou Sumire enquanto lavava os pratos.

— Eu gostaria de me demorar mais uma semana, é o máximo de tempo que poderia ficar — replicou Miu, consultando o calendário na parede. — Se pudesse escolher, ficaria aqui para sempre.

— Se eu tivesse escolha, também — disse Sumire, radiante. — Mas o que fazer? Tudo o que é bom tem um fim.

Seguindo a rotina habitual, cada uma foi para o seu quarto antes das dez. Miu vestiu o pijama branco de algodão, de mangas compridas, e adormeceu assim que sua cabeça bateu no travesseiro. Mas logo despertou, como que sacudida pela pulsação de seu próprio coração. Relanceou os olhos ao despertador do seu lado; passava da meia-noite e meia. O quarto estava escuro como breu, envolvido por um completo silêncio. Sentiu alguém perto, escondendo-se, contendo a respiração. Miu puxou a coberta até o pescoço e ficou alerta. Seu coração batia alto, abafando tudo o mais. Não era apenas um pesadelo propagando-se na vigília — alguém estava, definitivamente, no quarto com ela. Com cuidado para não fazer barulho, Miu estendeu o braço e abriu um pouquinho a cortina. O luar pálido, desmaiado, penetrou furtivamente no quarto. Mantendo-se completamente imóvel, vasculhou o quarto com os olhos.

Quando sua vista acomodou-se ao escuro, distinguiu o contorno de algo se formando gradativamente em um canto. À sombra do armário do lado da porta, onde a escuridão era mais profunda. O que quer que fosse, era baixo, enrolado como uma bola espessa, como uma mala postal grande, há muito esquecida. Um animal? Um cachorro grande? Mas a porta da frente estava trancada, a porta de seu quarto, fechada. Um cachorro não conseguiria entrar.

Miu continuou a respirar em silêncio e olhou fixamente. Sua boca estava seca, e ela sentiu um tênue cheiro do conhaque que bebera antes de se deitar. Estendeu o braço e afastou um pouco mais a cortina, para que a luz da lua iluminasse mais um pouco. Aos poucos, como se desfizesse um emaranhado de fios, conseguiu divisar uma massa escura e informe no chão. Parecia o corpo de uma pessoa. O cabelo caindo na frente, duas pernas finas em ângulo agudo. Alguém estava sentado no chão, atrapalhado, a cabeça entre as pernas, enrolado como se protegesse a si mesmo de algo que estivesse caindo do céu.

Era Sumire. Vestida em seu pijama azul, agachada como um pequeno inseto, entre a porta e o armário. Sem se mover. Sem nem mesmo respirar, até onde Miu foi capaz de perceber.

Miu soltou um suspiro de alívio. Mas o que Sumire estava fazendo ali? Miu sentou-se em silêncio e acendeu o abajur. A luz amarela iluminou o quarto todo, mas Sumire não se mexeu. Parecia, até mesmo, não ter percebido que a luz havia sido acesa.

— O que houve? — perguntou Miu. Primeiro baixinho, depois mais alto.

Não houve resposta. A voz de Miu parecia não ter alcançado Sumire. Miu saiu da cama e aproximou-se dela. A sensação do carpete em seus pés descalços foi áspera.

— Está doente? — perguntou Miu, agachando-se do lado de Sumire.

Ainda nenhuma resposta.

Miu percebeu que Sumire estava segurando alguma coisa com a boca. Uma pequena toalha rosa que ficava sempre pendurada no banheiro. Miu tentou puxá-la, mas a boca de Sumire a estava apertando com força. Seus olhos estavam abertos, mas não viam. Miu desistiu e pôs a mão no ombro de Sumire. O pijama de Sumire estava empapado.

— É melhor tirar o pijama — disse Miu. — Está suando tanto que pode pegar um resfriado.

Sumire parecia estupefata, não ouvindo nada, não vendo nada. Miu decidiu tirar o pijama de Sumire; senão seu corpo congelaria. Era agosto, mas, às vezes, as noites na ilha eram geladas. As duas nadavam nuas todos os dias e estavam acostumadas a verem o corpo uma da outra, de modo que Miu achou que Sumire não se importaria que ela a despisse.

Apoiando o corpo de Sumire, Miu desabotoou o pijama e, depois de um tempo, conseguiu tirar a camisa. Em seguida, a calça. O corpo rígido de Sumire foi relaxando aos poucos e acabou mole. Miu tirou a toalha de sua boca. Estava ensopada de saliva. Havia a marca perfeita de dentes.

Sumire não usava calcinhas sob o pijama. Miu pegou uma toalha que estava do lado e enxugou o suor de seu corpo. Primeiro as costas, depois sob os braços, depois o peito. Enxugou sua barriga, em seguida, rapidamente a área da cintura às coxas. Sumire entregava-se, não resistindo. Parecia inconsciente, se bem que, olhando bem em seus olhos, Miu divisasse um lampejo de compreensão.

Miu nunca tocara no corpo nu de Sumire antes. Sua pele estava retesada, macia como a de uma criança. Ao levantá-la, Miu viu que Sumire era mais leve do que ela tinha imaginado e cheirava a suor. Enxugando o suor do corpo dela, Miu sentiu, de novo, o coração batendo em seu peito. A saliva juntou-se em sua boca, e ela teve de engoli-la repetidas vezes.

Banhada pelo luar, Sumire cintilava como uma cerâmica antiga. Seus seios eram pequenos, mas bem-feitos, com os bicos bem formados. Seus pelos púbicos pretos estavam úmidos de suor e brilhavam como relva no orvalho da manhã. Seu corpo frouxo, nu, era completamente diferente daquele que Miu tinha visto sob o sol abrasador na praia. Seu corpo era um misto de elementos ainda de menina com uma maturidade começando a se desabrochar, arrombada cegamente pelo doloroso fluxo do tempo.

Miu sentiu-se perscrutando os segredos de outra pessoa, algo proibido que ela não deveria estar vendo. Evitou olhar a pele nua enquanto continuava a enxugar o suor do corpo de Sumire, o tempo todo tocando mentalmente uma peça de Bach que ela memorizara quando criança. Enxugou a franja suada, colada à testa de Sumire. Até mesmo o interior das pequeninas orelhas de Sumire estava molhado.

Miu sentiu o braço de Sumire envolver, silenciosamente, seu corpo. A respiração de Sumire roçou seu pescoço.

— Você está bem? — perguntou Miu.

Sumire não respondeu. Mas seu braço a apertou um pouquinho mais. Quase a carregando, Miu ajudou-a a ir para a própria cama. Deitou Sumire e a cobriu. Sumire ficou deitada ali, sem se mexer, e fechou os olhos.

Miu observou-a por um certo tempo, mas Sumire não mexeu um músculo. Parecia ter adormecido. Miu foi à cozinha e bebeu vários copos de água mineral. Respirou fundo algumas vezes e conseguiu se acalmar. Seu coração tinha parado de bater, embora seu peito doesse da tensão dos últimos momentos. Tudo foi coberto por um silêncio asfixiante. Nenhuma voz, nem mesmo o latido de um cão. Nenhuma onda, nenhum som do vento. Por que, Miu perguntou a si mesma, está tudo tão completamente quieto?

Miu foi ao banheiro e levou o pijama suado de Sumire, a toalha que tinha usado para enxugá-la e o pano com as marcas de seus dentes, e jogou-os na cesta de roupa suja. Lavou o rosto e olhou seu reflexo no espelho. Desde que viera para a ilha, não tingira o cabelo, que agora estava branco, como neve recém-caída.

Quando Miu voltou para o quarto, os olhos de Sumire estavam abertos. Um véu fino e translúcido parecia cobri-los, mas o lampejo de consciência tinha retornado. Sumire estava deitada lá, a coberta puxada até os ombros.

— Desculpe. Às vezes me acontece isso — disse ela com a voz rouca.

Miu sentou-se em um canto da cama, sorriu, e estendeu a mão para tocar o cabelo ainda molhado de Sumire.

— Você devia tomar um bom banho. Suou muito.

— Obrigada — disse Sumire. — Eu só quero ficar aqui.

Miu concordou com um movimento da cabeça e deu a Sumire uma toalha de banho limpa, pegou um pijama seu na cômoda e o pôs do seu lado.

— Pode usá-lo. Acho que você não tem outro, tem?

— Posso dormir aqui esta noite? — perguntou Sumire.

— Está bem. Durma. Eu vou dormir na sua cama.

— Minha cama deve estar encharcada — disse Sumire. — As cobertas, tudo. E não quero ficar sozinha. Não me deixe aqui. Quer dormir do meu lado? Só hoje? Não quero ter mais pesadelos.

Miu pensou e concordou.

— Mas, primeiro, vista o pijama. Acho que não gostaria de ter alguém nu deitado do meu lado, principalmente em uma cama tão pequena.

Sumire levantou-se devagar e afastou as cobertas. Ficou em pé, ainda nua, e pegou o pijama de Miu. Curvou-se e vestiu a calça, depois a camisa. Levou algum tempo para abotoá-lo inteiro. Seus dedos não se moviam direito. Miu não ajudou, só ficou ali, sentada, observando. Sumire abotoou o pijama de uma maneira tão deliberada que deu, a Miu, a impressão de uma cerimônia quase religiosa. O luar fez o bico de seus seios parecerem estranhamente duros.

Ela deve ser virgem, pensou Miu, de súbito.

Depois de vestir o pijama, Sumire tornou a se deitar, na beira da cama. Miu foi para o lado dela, onde o cheiro de suor continuava forte.

— Posso — começou Sumire — abraçar você um pouco?

— Me abraçar?

— Sim.

Enquanto Miu pensava no que responder, Sumire pegou sua mão. Sua palma ainda estava suada, quente e macia. Ela passou as duas mãos por trás de Miu. Os seios de Sumire apertaram-se contra Miu, logo acima do estômago. Sumire pressionou sua bochecha entre os seios de Miu. Permaneceram assim por muito tempo. Sumire parecia tremer, bem levemente. Deve estar chorando, pensou Miu. Mas era como se ela não conseguisse extravasar tudo. Miu passou o braço em volta de seus ombros e a puxou para mais perto. É ainda uma criança, pensou Miu. Solitária e assustada, precisa de afeto. Como o gatinho agarrado ao galho do pinheiro.

Sumire pôs o corpo um pouco mais para cima. A ponta de seu nariz roçou o pescoço de Miu. Os seios das duas se pressionaram. Miu arquejou. A mão de Sumire deslizava por suas costas.

— Gosto muito de você — disse Sumire, baixinho.

— Também gosto de você — disse Miu. Não sabia o que dizer mais. E era verdade.

Os dedos de Sumire começaram a desabotoar a frente do pijama de Miu. Miu tentou detê-la. Mas Sumire não parou.

— Só um pouco — disse Sumire. — Só um pouco... *por favor.*

Miu ficou ali, sem resistir. Os dedos de Sumire traçaram, delicadamente, o contorno dos seios de Miu. O nariz de Sumire movia-se para cima e para baixo na garganta de Miu. Sumire tocou o bico dos seios de Miu, acariciou-os gentilmente e os segurou entre dois dedos. De início, hesitantemente, depois mais ousadamente.

Miu parou de falar. Ergueu os olhos, sondando-me. As maçãs de seu rosto estavam ligeiramente coradas.

— Tem uma coisa que preciso explicar a você. Há muito tempo, tive uma experiência incomum, e o meu cabelo ficou todo branco. Da noite para o dia, completamente. Desde então, eu o pinto. Sumire sabia disso e, como dava muito trabalho, quando chegamos a esta ilha, parei de pintá-lo. Aqui, ninguém me conhece, por isso não tem importância. Mas como sabia que viria, pintei-o de novo. Não queria lhe dar uma primeira impressão estranha.

O tempo passou no silêncio que se seguiu.

— Eu nunca tive uma experiência homossexual, e nunca achei que tinha essa tendência. Mas se era o que Sumire realmente queria, eu poderia ceder. Pelo menos, não achei repulsivo. Contanto que fosse com *Sumire*, só assim. Portanto, não resisti, quando ela começou a me sentir inteira, ou quando pôs a língua dentro da minha boca. Achei estranho, mas procurei me acostumar. Deixei-a fazer o que quisesse. Gosto de Sumire e, se isso a deixava feliz, não me importava o que faria.

"Mas meu corpo e minha mente são duas coisas diferentes. Uma parte de mim estava feliz por Sumire me acariciar de maneira tão agradável. Mas, independentemente de como minha mente se sentia, meu corpo resistia. Meu corpo não se entregava. Meu coração e minha mente estavam excitados, mas o resto de mim era como uma pedra dura, seca. É triste, mas não consegui evitar. É claro que Sumire percebeu isso. Seu corpo estava excitado e sutilmente úmido, mas eu não conseguia responder.

"Disse-lhe como me sentia. 'Não a estou rejeitando', eu disse, 'mas simplesmente não consigo fazer esse tipo de coisa.' Desde *o que* me aconteceu quatorze anos atrás, não fui capaz de me dar fisicamente a ninguém *neste* mundo. É algo que está fora do meu controle, que é decidido fora de mim. Disse-lhe que se havia algo que eu pudesse fazer, entende, com meus dedos, minha boca, eu faria. Mas não era o que ela queria. Eu já sabia disso."

— Ela beijou-me na testa e disse que lamentava. "É que eu gosto de você", disse ela. "Tenho pensado nisso há tanto tempo. Eu tinha de tentar." "Gosto de você também", eu lhe disse. "Não se preocupe com isso. Quero que continue comigo."

"Como se uma represa tivesse explodido, Sumire soluçou no travesseiro por um tempo enorme. Afaguei suas costas, enquanto ela chorava, dos ombros à sua cintura, sentindo todos os seus ossos. Queria chorar junto com ela, mas não consegui.

"Então me ocorreu que, apesar de sermos companheiras de viagem maravilhosas, no fundo, não passávamos de duas massas solitárias de metal em suas próprias órbitas separadas. A distância, parecem belas estrelas cadentes, mas, na realidade, não passam de prisões, em que cada uma de nós está trancada, sozinha, indo a lugar nenhum. Quando as órbitas desses dois satélites se cruzam, acidentalmente, podemos estar juntas. Talvez, até mesmo, abrir nossos corações uma à outra. Mas só por um breve momento. No instante seguinte, estaremos na solidão absoluta. Até nos queimarmos completamente e nos tornarmos nada."

— Depois de chorar por muito tempo, Sumire se levantou, pegou o pijama que tinha caído no chão e o vestiu — disse Miu. — Ela disse que queria ficar só e que ia para o seu quarto. "Não pense muito", eu lhe disse. "Amanhã é outro dia, as coisas serão como antes. Você vai ver." "Acho que sim", ela replicou. Curvou-se e encostou a bochecha na minha. A maçã do seu rosto estava úmida e quente. Sussurrou alguma coisa em meu ouvido, acho. Mas tão baixinho, que não entendi. Ia lhe perguntar o que tinha dito, mas ela já tinha se virado.

— Sumire enxugou as lágrimas com a toalha de banho e saiu do quarto. A porta foi fechada e eu me aconcheguei nas cobertas e fechei os olhos. Depois de uma experiência como essa, achei que seria difícil dormir, mas, por mais estranho que pareça, adormeci rapidamente.

"Quando acordei, às sete da manhã seguinte, Sumire não estava em nenhum lugar da casa. Talvez tivesse acordado cedo, ou nem tivesse dormido, e ido à praia sozinha. Provavelmente queria ficar sozinha durante algum tempo. Era estranho não ter deixado nem mesmo um bilhete, mas levando em consideração a noite anterior, imaginei que ela ainda devia estar chateada e confusa.

"Lavei-me, pendurei sua roupa de cama para secar e me sentei na varanda, lendo, esperando ela voltar. Passou-se a manhã toda e nada de Sumire. Fiquei preocupada, por isso examinei seu quarto, embora soubesse que não devia. Tive medo de que ela tivesse partido. Mas suas malas ainda estavam abertas; seu passaporte continuava na sua bolsa, o maiô e as meias secando no canto do quarto. Moedas, papel de carta e um molho de chaves estavam espalhados sobre a escrivaninha. Uma das chaves era a da porta da frente do chalé.

"Tudo me pareceu estranho. Isto é, sempre que íamos à praia, usávamos tênis pesados e camisetas sobre o maiô ao atravessarmos as montanhas. Com as toalhas e a água mineral em uma sacola de lona. Mas ela tinha deixado tudo: a sacola, os sapatos e o maiô. As únicas coisas que estavam faltando eram um par de sandálias que ela tinha comprado numa loja próxima e o pijama de seda que eu tinha emprestado. Mesmo que só pretendesse dar uma volta por ali, não se demoraria vestida desse jeito, não acha?

"À tarde, saí para procurá-la ali por perto. Fiz alguns circuitos não longe daqui, fui à praia, depois desci e subi as ruas da cidade e, finalmente, retornei à casa. Mas Sumire não estava em lugar nenhum. O sol estava se pondo, e a noite chegando. O vento soprou mais forte. Durante a noite toda, ouvi o som das ondas. Qualquer ruído me despertava. Deixei a porta da frente destrancada. Amanheceu e nada de Sumire. A sua cama estava exatamente como eu a tinha deixado. Então, desci até a delegacia de polícia local, perto do porto."

— Expliquei tudo a um policial que falava inglês. "A garota que viajava comigo desapareceu", eu lhe disse, "e há duas noites não retorna." Ele não me levou muito a sério. "A sua amiga vai voltar", disse ele. "Acontece o tempo todo. Aqui, todo mundo relaxa. É verão, são jovens, o que esperava?" Voltei no dia seguinte e, dessa vez, ele me deu um pouco mais de atenção. Não que se dispusesse a fazer alguma coisa a respeito. Liguei para a embaixada japonesa em Atenas e expliquei a situação. Ainda bem que a pessoa que atendeu foi muito gentil. Ele falou alguma coisa de maneira incisiva com o chefe de polícia que, finalmente, decidiu começar a investigar imediatamente.

"Eles simplesmente não tinham nenhuma pista. A polícia interrogou as pessoas no porto e nas redondezas do chalé, mas ninguém tinha visto Sumire. O capitão da barca e o homem que vendia a passagem não se lembravam de nenhuma jovem japonesa no barco nos últimos dois dias. Sumire devia ainda estar na ilha. Para começar, ela não tinha levado dinheiro para comprar a passagem. Nesta pequena ilha, uma japonesa jovem andando por aí de pijama não deixaria de ser notada pelo povo. A polícia interrogou um casal alemão que tinha nadado por muito tempo naquela manhã. Eles não tinham visto nenhuma garota japonesa, nem na praia nem na estrada para lá. A polícia me prometeu que continuaria fazendo o melhor que podia, e acho que fizeram. Mas o tempo passou e nem uma única pista."

Miu respirou fundo e cobriu metade do rosto com as mãos.

— Tudo o que me ocorreu foi ligar para você em Tóquio e pedir que viesse. Eu não sabia mais o que fazer.

Imaginei Sumire, sozinha, vagando pelas colinas acidentadas de pijama de seda e sandálias.

— De que cor era o pijama? — perguntei.

— Cor? — disse Miu, com uma expressão de dúvida.

— Do pijama que Sumire estava usando quando desapareceu.

— De que cor era? Não sei direito. Comprei-o em Milão e ainda não o tinha usado. Uma cor clara. Verde--claro, talvez. Era bem leve, sem bolsos.

— Gostaria que ligasse de novo para a embaixada em Atenas e pedisse que mandassem alguém para cá. Insisto nisso. Depois mande a embaixada entrar em contato com os pais de Sumire. Vai ser difícil para eles, mas não pode mais deixá-los fora disso.

Miu balançou ligeiramente a cabeça, concordando.

— Sumire, às vezes, pode ser imprevisível, como sabe — eu disse —, e fazer as coisas mais malucas. Mas não partiria por quatro dias sem avisar. Não é tão irresponsável. Ela não desapareceria a não ser por um bom motivo. Que motivo, não sei, mas pode ser grave. Talvez tenha caído em um poço no campo e esteja esperando alguém salvá-la. Talvez tenha sido sequestrada. É possível que tenha sido morta e enterrada em algum lugar. Uma jovem vagando, à noite, de pijama... tudo pode acontecer. De qualquer maneira, temos de arquitetar um plano. Mas vamos refletir um pouco. Amanhã será um longo dia.

— Acha possível que... Sumire... tenha se matado? — perguntou Miu.

— Não podemos descartar esta possibilidade. Mas ela teria escrito um bilhete. Ela não deixaria tudo esfacelado para que você juntasse os pedaços. Ela gostava de você e sei que levaria em consideração seus sentimentos.

Os braços cruzados, Miu olhou para mim durante algum tempo.

— Você *realmente* acha isso?

Anuí com a cabeça.

— Com certeza. É assim que ela é.

— Obrigada. Era isso o que eu mais queria ouvir.

Miu conduziu-me ao quarto de Sumire. Sem decoração, o quarto lembrou-me um grande cubo. Havia uma pequena cama de madeira, uma escrivaninha, um armário e uma cômoda pequena. Aos pés da escrivaninha estava uma mala vermelha de tamanho médio. A janela da frente dava para as colinas. Em cima da escrivaninha, estava um PowerBook Macintosh novo em folha.

— Ajeitei as coisas dela para que você pudesse dormir aqui.

Deixado sozinho, de repente fui ficando sonolento. Era quase meia-noite. Tirei a roupa e me meti sob as cobertas, mas não consegui dormir. Até há pouco tempo, pensei, Sumire dormia nesta cama. A excitação da longa viagem reverberava em meu corpo. De repente, fui tomado pela ilusão de que estava em uma viagem sem fim.

Na cama, repassei tudo o que Miu tinha me contado, fazendo, mentalmente, uma lista dos pontos importantes. Mas minha mente não funcionou. O pensamento sistemático estava além da minha capacidade no momento. Deixar para amanhã, concluí. Inesperadamente, veio-me a imagem da língua de Sumire dentro da boca de Miu. Esqueça isso, impus ao meu cérebro. Deixe isso também para amanhã. Mas as chances do amanhã serem melhores que as do hoje eram, infelizmente, escassas. Pensamentos sombrios não me levariam a lugar nenhum, concluí, e fechei os olhos. Logo caí em um sono profundo.

10

Quando acordei, Miu estava pondo a mesa para o café na varanda. Eram oito e meia e um sol novinho inundava o mundo com luz. Miu e eu sentamo-nos na varanda e tomamos o café da manhã contemplando o mar cintilante. Torradas, ovos e café. Dois pássaros brancos deslizaram a encosta abaixo em direção ao litoral. Um rádio tocava próximo, a voz do locutor falando rápido, lendo as notícias da Grécia.

Um entorpecimento estranho, resultante da mudança de fuso horário, impregnou minha cabeça. Não conseguia definir o limite entre o que era real e o que simplesmente parecia real. Ali estava eu, em uma pequena ilha grega, partilhando uma refeição com uma bela mulher, mais velha, que eu conhecera no dia anterior. Essa mulher amava Sumire. Mas não sentia nenhum desejo sexual por ela. Sumire amava essa mulher e a desejava. Eu amava Sumire e sentia desejo sexual por ela. Sumire gostava de mim, mas não me amava, e não sentia nenhum desejo por mim. Eu sentia desejo sexual por uma mulher que permanecerá anônima. Mas não a amava. Era tudo tão complicado, como algo em uma peça existencial. Tudo acabava em um impasse, não restava nenhuma alternativa. E Sumire tinha saído do palco pela direita.

Miu tornou a encher minha xícara de café. Eu agradeci.
— Você gosta de Sumire, não gosta? — perguntou Miu. — Isto é, como mulher.

Assenti com a cabeça enquanto passava manteiga na torrada. A manteiga estava dura e fria, e levei algum tempo para espalhá-la no pão. Ergui os olhos e acrescentei:

— É claro que não é algo que, necessariamente, se possa escolher. Simplesmente acontece.

Continuamos a tomar o café da manhã, em silêncio. O noticiário terminou, e o rádio começou a tocar música grega. O vento ficou mais forte e balançou as buganvílias. Se olhássemos com atenção, era possível ver ondas de rebentação a distância.

— Pensei bastante e acho que devo ir a Atenas imediatamente — disse Miu, descascando uma laranja. — Provavelmente, não conseguirei nada por telefone, por isso acho que seria melhor ir direto à embaixada e falar com eles pessoalmente. Talvez alguém da embaixada esteja disposto a voltar comigo, ou posso esperar a chegada dos pais de Sumire em Atenas e retornar com eles. De qualquer maneira, eu gostaria que você ficasse aqui o tempo que pudesse. A polícia pode entrar em contato e sempre há a possibilidade de Sumire voltar. Faria isso para mim?

— É claro — repliquei.

— Vou à delegacia de novo, checar a investigação, depois fretarei um barco para me levar a Rodes. Ida e volta de Atenas leva tempo, por isso, provavelmente, ficarei em um hotel por alguns dias.

Concordei com a cabeça.

Miu acabou de descascar a laranja e a enxugou cuidadosamente com um guardanapo.

— Conheceu os pais de Sumire?

— Nunca — eu disse.

Miu deu um suspiro como o vento no extremo do mundo.

— Eu me pergunto como explicarei tudo a eles.

Entendi sua confusão. Como explicar o inexplicável?

Miu e eu descemos para o porto. Ela levava uma pequena sacola com uma muda de roupas, usava sapatos de couro de salto alto e uma bolsa de design elegante a tiracolo. Passamos pela delegacia. Dissemos que eu era um parente de Miu em viagem perto dali. Eles continuavam sem nenhuma pista.

— Mas está tudo bem — disseram, animados. — Olhem em volta. Esta é uma ilha pacífica. Acontecem crimes, é claro. Brigas de amantes, bêbados, disputas políticas. Afinal de contas, são seres humanos, e em todo lugar é igual. Mas resumem-se a disputas domésticas. Nos últimos quinze anos, nunca aconteceu de um estrangeiro ter sido vítima de um crime nesta ilha.

Isso podia muito bem ser verdade. Mas, quando chegava a hora de explicar o desaparecimento de Sumire, não tinham nada a dizer.

— Há uma grande caverna de calcário no litoral norte da ilha — arriscou o policial. — Se ela entrasse lá, talvez não conseguisse achar a saída. Dentro, é como um labirinto. Mas fica muito, muito distante. Uma garota como essa não conseguiria andar tanto.

— Ela pode ter-se afogado? — perguntei.

Os policiais sacudiram a cabeça. Não existe nenhuma corrente forte por aqui, disseram. E o clima na última semana foi ameno, o mar está calmo. Muitos pescadores saem para pescar diariamente, se a garota tivesse se afogado, um deles teria esbarrado com o corpo.

— E os poços? — perguntei. — Ela não pode ter caído em algum poço fundo enquanto dava uma volta?

O chefe de polícia balançou a cabeça negando.

— Não há poços na ilha. Temos muitas fontes naturais, de modo que não há necessidade de cavar poços. Além disso, o terreno rochoso é duro e cavar um poço seria um trabalho difícil.

Depois de sairmos da delegacia, eu disse a Miu que queria ir à praia que ela e Sumire frequentavam, se possível de manhã. Ela comprou, em um quiosque, um mapa simples da ilha, e me mostrou a estrada. Leva quarenta e cinco minutos, avisou, por isso use um sapato resistente. Ela foi para o porto e, com uma mistura de francês e inglês, encerrou rapidamente as negociações com o piloto de um pequeno barco-táxi, para levá-la a Rodes.

— Se pudéssemos ter um final feliz — disse Miu ao partir. Mas seus olhos contavam outra história. Ela sabia que as coisas não se resolviam tão facilmente. E eu também. O motor do barco foi acionado, e ela segurou o chapéu na cabeça com a mão esquerda e acenou para mim com a direita. Quando o barco desapareceu ao largo, senti como se parte de minhas entranhas tivesse desaparecido. Vaguei pelo cais durante algum tempo e comprei um óculos escuros em uma loja de suvenires. Em seguida, subi a escadaria íngreme de volta ao chalé.

À medida que o sol subia, tornava-se extremamente quente. Vesti uma camiseta de algodão de mangas curtas sobre o calção de banho, peguei os óculos escuros e o tênis de correr, e parti para a montanha escarpada, no caminho para a praia. Logo me arrependi de não levar um chapéu, mas resolvi prosseguir. Caminhando colina acima, logo senti sede. Parei para beber e passei o protetor solar, que Miu me emprestara, no rosto e nos braços. A trilha estava branca de poeira, que era levantada sempre que o vento soprava. Ocasionalmente, eu passava por aldeões conduzindo burros. Eles me saudavam em voz alta: "*Kali mera!*". Eu lhes respondia com as mesmas palavras. Imaginei que era o que eu tinha de fazer.

A vertente da montanha era coberta de árvores baixas e contorcidas. Cabras e carneiros percorriam a face escarpada, com uma expressão ranzinza. Os sinos em seus pescoços tiniam prosaicamente. As pessoas que pastoreavam os rebanhos ou eram crianças ou velhos. Quando eu passava, olhavam-me pelo canto dos olhos e, em seguida, erguiam sutilmente a mão como uma espécie de sinal. Eu erguia minha mão da mesma maneira, saudando-os. Sumire não poderia ter vindo por ali sozinha. Não havia onde se esconder, alguém a teria visto.

A praia estava deserta. Tirei a camiseta e o calção e nadei nu. A água era clara e deliciosa. Dava para ver as pedras no fundo. Um iate estava ancorado na enseada, a vela guardada, o mastro alto oscilando para a frente e para trás como um metrônomo gigantesco. Não havia ninguém no convés. Toda vez que a maré recuava, deixava inúmeras pedrinhas retinindo com indiferença. Depois de nadar, voltei à praia e me deitei, ainda nu, sobre a toalha, e contemplei o céu azul imaculado. Aves marinhas sobrevoavam em círculos a enseada em busca de peixes. O céu estava completamente sem nuvens. Cochilei ali, talvez por meia hora, e ninguém apareceu. Não demorou e um silêncio tranquilo caiu sobre mim. A praia era silenciosa demais para alguém visitá-la sozinho, um pouco bela *demais*. Isso fez com que eu imaginasse um jeito qualquer de morrer. Vesti-me e me dirigi à trilha na montanha, de volta ao chalé. O calor era ainda mais intenso do que antes. Movendo mecanicamente um pé atrás do outro, tentei imaginar sobre o que Sumire e Miu teriam conversado quando percorriam esse caminho juntas.

    Sumire podia muito bem ter refletido sobre o desejo sexual que ela sentia. Da mesma maneira que eu pensava em meu próprio desejo quando estava com ela. Não era difícil, para mim, compreender como ela se sentia. Sumire imaginou Miu nua do seu lado e não quis mais nada a não ser abraçá-la com força. Havia uma expectativa, misturada com muitas outras emoções — excitação, resignação, hesitação, confusão, medo —, que brotava e depois murchava. Em um momento, somos otimistas, só para, no momento seguinte, sermos abalados pela certeza de que tudo se fará em pedaços. E, no fim, é o que acontece.

Caminhei até o cume da montanha, fiz uma pausa, bebi água e me pus a descer. Assim que o telhado do chalé ficou à vista, lembrei-me do que Miu tinha dito sobre Sumire escrever febrilmente algo em seu quarto depois que chegaram à ilha. O que ela poderia estar escrevendo? Miu não disse mais nada, e eu não insisti. Talvez — apenas *talvez* — houvesse uma pista no que Sumire escreveu. Como era possível eu não ter pensado nisso antes?

Quando voltei ao chalé, fui para o quarto de Sumire, liguei seu PowerBook e abri o disco rígido. Aparentemente, não havia nada promissor: uma lista de despesas da viagem pela Europa, endereços, uma programação. Todos itens de negócios relacionados ao trabalho de Miu. Nenhum arquivo pessoal. Abri o *menu* DOCUMENTOS RECENTES — nada. Provavelmente, ela não queria que alguém lesse e apagara tudo. O que significava que salvara seus arquivos pessoais em um disquete. Era improvável ela o ter levado quando desapareceu; para começar, seu pijama não tinha bolsos.

Fiz uma busca minuciosa nas gavetas da escrivaninha. Havia uns dois disquetes, mas eram cópias do que estava no disco rígido ou outros arquivos relacionados a trabalho. Se eu fosse Sumire, onde o poria? O quarto era pequeno; não havia muitos lugares onde esconder alguma coisa. Sumire era muito seletiva em relação a quem poderia ler o que escrevia.

É claro — a mala vermelha. Era a única coisa no quarto que poderia ser trancada.

Sua mala nova parecia vazia, estava tão leve; eu a balancei, mas não fez ruído nenhum. No entanto, o cadeado de quatro dígitos estava trancado. Tentei várias combinações dos números que eu sabia que Sumire poderia usar — seu aniversário, seu endereço, número de telefone, o Código de Endereçamento Postal —, mas nenhuma funcionou. Não era de admirar, pois um número que alguém poderia adivinhar facilmente não adiantaria muito como segredo. Tinha de ser algo de que ela se lembrasse, mas um número que não fosse baseado em algo pessoal. Pensei durante muito tempo e, então, descobri. Tentei o código de área de Kunitachi — o *meu* código de área, em outras palavras: 0-4-2-5.

O cadeado abriu.

Uma pequena bolsa de pano preto estava enfiada no bolso interno da mala. Abri o zíper e encontrei uma pequena agenda verde com um disquete dentro. Primeiro abri a agenda. Estava escrita com a letra de Sumire. Nada me chamou a atenção. Eram apenas informações do itinerário delas. Quem viram. Nomes de hotéis. O preço da gasolina. Cardápios de jantares. Marcas de vinho e o paladar que tinham. Basicamente uma lista. Muitas páginas restavam em branco. Manter uma agenda não era, aparentemente, o forte de Sumire.

O disquete não tinha título. A etiqueta tinha somente a data escrita com a letra de Sumire. Agosto 19**. Inseri o disquete no PowerBook e o abri. O menu mostrou dois documentos. Nenhum dos dois tinha título. Eram apenas Documento 1 e Documento 2.

Antes de abri-los, olhei, vagarosamente, em torno do quarto. O casaco de Sumire estava pendurado no armário. Vi seus óculos escuros, seu dicionário de italiano, seu passaporte. Dentro da escrivaninha, estavam sua caneta esferográfica e sua lapiseira. Da janela em cima da escrivaninha, via-se a delicada encosta escarpada. Um gato preto caminhava no alto do muro da casa vizinha. O pequeno quarto sem adornos estava envolto pelo silêncio do fim de tarde. Fechei os olhos e ainda pude ouvir as ondas na praia deserta naquela manhã. Abri os olhos e, dessa vez, prestei bastante atenção ao mundo real. Não ouvi nada.

    Pus o cursor em Documento 1 e cliquei duas vezes no ícone.

11

DOCUMENTO 1

JÁ VIU ALGUÉM LEVAR UM TIRO E NÃO SANGRAR?

O destino me levou a uma conclusão — uma conclusão ad hoc, entendam bem (há alguma de outro tipo?, pergunta interessante, mas a deixarei para outra hora) — e aqui estou eu em uma ilha na Grécia. Uma pequena ilha cujo nome eu nunca tinha ouvido falar até recentemente. A hora é... passa um pouco das quatro da manhã. Ainda está escuro, é claro. Cabras inocentes caíram em seu sono coletivo, pacífico. A série de oliveiras lá fora, no campo, sorve aos golinhos o alimento que as trevas oferecem. E a lua, como um sacerdote melancólico, descansa sobre o telhado, estendendo suas mãos ao mar árido.

Não importa onde eu esteja, esta é a hora do dia de que mais gosto. A hora que é só minha. Logo vai amanhecer e eu estou sentada aqui, escrevendo. Como Buda, nascido do flanco de sua mãe (o direito ou o esquerdo, não me lembro), o novo sol subirá desajeitado e espiará por sobre a beirada das colinas. E a sempre discreta Miu despertará. Às seis, tomaremos juntas um café da manhã simples e, depois, subiremos as montanhas para a nossa querida praia. Antes de essa rotina ter início, quero arregaçar as mangas e terminar parte do trabalho.

Exceto algumas cartas, faz muito tempo que não escrevo nada para mim mesma, e não estou muito segura de conseguir me expressar da maneira como gostaria. Não que eu já tenha me sentido segura antes. Se bem que, de certa forma, sempre me senti *motivada* a escrever.

Por quê? É simples, mesmo. Para que eu pense sobre alguma coisa, tenho de, antes, anotá-la.

Tem sido assim desde que sou pequena. Quando não entendia alguma coisa, juntava as palavras espalhadas aos meus pés e as alinhava em frases. Se isso não ajudasse, espalhava-as de novo, as rearrumava em uma ordem diferente. Repetia isso várias vezes e tornava-me capaz de pensar sobre ela como a maioria das pessoas. Escrever nunca foi difícil para mim. Outras crianças juntavam pedras bonitas ou sementes de carvalho, e eu *escrevia*. Tão naturalmente quanto respirava, escrevinhava uma frase atrás da outra. E *pensava*.

Sem dúvida vocês acham que é um processo demorado para chegar a uma conclusão, visto que, toda vez que eu pensava em alguma coisa, tinha de passar por todas aquelas etapas. Ou talvez não achem isso. Mas, na prática *real*, levava tempo. De tal modo que, quando entrei para a escola fundamental, as pessoas acharam que eu era retardada. Eu não conseguia acompanhar as outras crianças.

Quando terminei o fundamental, a sensação de alienação que isso provocava tinha diminuído consideravelmente. Eu descobrira uma maneira de acompanhar o ritmo do mundo à minha volta. Mesmo assim, até deixar a faculdade e romper toda e qualquer relação com o mundo oficial, essa lacuna existiu dentro de mim — como uma cobra silenciosa na relva.

O meu tema provisório: Diariamente, costumo escrever para entender quem eu sou.

Certo?
Certíssimo!

Escrevi uma quantidade incrível de páginas até hoje. Quase diariamente. É como se eu estivesse em um pasto imenso, arrancando o capim sozinha, e o capim tornasse a crescer quase tão rápido quanto consigo arrancá-lo. Hoje, arranco aqui, amanhã, ali... Quando completo uma volta no pasto, o capim no primeiro local está tão alto quanto no começo.

Mas desde que conheci Miu quase não escrevo. Por quê? A Ficção = Teoria da transmissão que K. me contou faz sentido. Em certo nível, ela é verdadeira. Mas não explica tudo. Tive de simplificar meu pensamento.

Simplificar, simplificar.

O que aconteceu depois que eu conheci Miu foi que eu parei de *pensar*. (É claro que, aqui, estou usando a minha definição pessoal de *pensar*.) Miu e eu estávamos sempre juntas, unha e carne, e, com ela, eu era arrastada para outro lugar — um lugar que não conseguia penetrar — e simplesmente pensava o.k., deixe-se levar pela corrente.

Em outras palavras, tive de me desfazer de muita bagagem para me aproximar dela. Até mesmo o ato de pensar se tornou um fardo. Acho que isso explica. Eu não conseguia mais me importar com a altura do capim. Eu me estatelava de costas, contemplando o céu, observando as nuvens encapeladas deslizarem. Confiando o meu destino às nuvens. Entregando-me ao aroma pungente da relva, ao murmúrio do vento. E, depois de certo tempo, eu não me importava nem um pouco com a diferença entre o que eu sabia e o que eu não sabia.

Não, não é verdade. *Desde o primeiro dia* eu não me importava nem um pouco. Tenho de ser um pouco mais precisa em minha narrativa.

Precisão, precisão.

Vejo, hoje, que a minha regra básica, formulada a partir da minha experiência ao escrever, sempre foi escrever sobre as coisas como se *não* as conhecesse — e isso incluiria coisas que eu conhecia ou achava que conhecia. Se eu dissesse desde o começo *Oh, eu sei disso, não preciso passar meu tempo precioso escrevendo sobre isso,* a minha escrita nunca deslancharia. Por exemplo, se penso em alguém em termos de *conheço esse cara, não preciso perder tempo pensando nele,* corro o risco de ser traída (e isso se aplicaria a vocês também). No avesso de tudo que acreditamos identificar perfeitamente, esconde-se uma quantidade igual do *desconhecido*.

O entendimento não passa da soma de nossos mal-entendidos.

Cá entre nós, é assim que compreendo o mundo. Resumidamente.

No mundo em que vivemos, o que *conhecemos* e o que *não conhecemos* são como irmãos siameses, inseparáveis, existindo em um estado de confusão.

Confusão, confusão.

Podemos realmente distinguir entre o mar e o que se reflete nele? Ou dizer a diferença entre a chuva que cai e a solidão?

Então, sem dramas, parei de me preocupar com a diferença entre saber e *não* saber. Esse passou a ser o meu ponto de partida. Um lugar terrível de onde se começar, talvez — mas as pessoas precisam ter algum ponto de partida, certo? Tudo isso vai explicar como comecei a ver dualismos tais como tema e estilo, objeto e sujeito, causa e efeito, as juntas da minha mão e o resto de mim, não como pares preto e branco, mas como um indistinguível do outro. Tinha derramado tudo no chão da cozinha — o sal, a pimenta, a farinha de trigo, o amido. Tudo misturado em uma pequena massa circular.

As juntas da minha mão e o resto de mim... Percebo, sentada diante do computador, que retomei o velho hábito de estalar os dedos. Esse mau hábito reapareceu depois que parei de fumar. Primeiro estalo as juntas dos cinco dedos da mão direita — *crac, crac* —, depois as juntas da mão esquerda. Não é para me gabar não, mas consigo estalar minhas juntas tão alto que parece que o pescoço de alguém está sendo quebrado. Fui campeã de estalar as juntas dos dedos no curso fundamental. Deixava os garotos envergonhados.

Quando eu estava na faculdade, K. me informou, sem rodeios, que essa não era exatamente uma habilidade de que eu devia me orgulhar. Quando uma garota chega a uma certa idade, não pode ficar estalando os dedos em todo lugar. Especialmente na frente dos outros. Senão, você acaba como a Lotte Lenya* em *Moscou contra 007*. Por que ninguém nunca me disse isso antes? Tentei perder o hábito. Quer dizer, eu realmente gostava de Lotte Lenya, mas não o bastante para querer ser ela. No entanto, quando parei de fumar, percebi que sempre que me sentava para escrever, estava, inconscientemente, estalando, de novo, os dedos. *Crepitar, estalejar, estalar.*

O nome é Bond. James Bond.

Volto ao que estava dizendo. O tempo é limitado — sem espaço para digressões. Esqueça Lotte Lenya. Desculpe, metáforas — é preciso discriminar. Como eu disse antes, dentro de nós, o que sabemos e o que não sabemos moram na mesma casa. Em nome da conveniência, a maioria das pessoas ergue um muro entre eles. Isso torna a vida mais fácil. Mas eu acabo de derrubar esse muro. Eu *tinha* de derrubá-lo. Odeio muros. É assim que eu sou.

Para usar novamente a imagem dos irmãos siameses, não é como se eles sempre se dessem bem. Não tentam sempre compreender um ao outro. De fato, o contrário, frequentemente, é mais verdadeiro. A mão direita não tenta saber o que a mão esquerda está fazendo — e vice-versa. A confusão

---

* Cantora e atriz austríaca, nascida na virada do século XIX para o XX, que interpretou a vilã no segundo filme de James Bond, em 1963. (N. E.)

reina, acabamos perdidos — e colidimos direto com alguma coisa. *Baque.*

Aonde estou querendo chegar é que as pessoas têm de descobrir uma estratégia inteligente se quiserem que o que sabem e o que não sabem convivam em paz. E essa estratégia — opa, você descobriu! — é *pensar.* Temos de encontrar uma âncora segura. Se não, sem a menor dúvida, seguiremos na direção de uma violenta *colisão.*

Uma pergunta.
O que as pessoas devem fazer se quiserem evitar uma colisão (*baque!*), mas continuar no campo, desfrutando as nuvens que passam, escutando a relva crescer — em outras palavras, não pensando? Parece difícil? Em absoluto. Logicamente, é fácil. *C'est simple.* A resposta é *sonhos.* Sonhar sem parar. Entrar no mundo dos sonhos e nunca mais sair. Viver nos sonhos para o resto da vida.

Nos sonhos, não precisamos fazer distinções entre as coisas. Em absoluto. As fronteiras não existem. Por isso quase nunca há colisões em sonhos. Mesmo quando há, não machucam. A realidade é diferente. A realidade morde.

Realidade, realidade.

Há muito tempo, quando o filme *Meu ódio será sua herança*, de Sam Peckinpah, estreou, uma jornalista levantou a mão na entrevista coletiva e perguntou o seguinte: "Por que diabos você tem de mostrar tanto sangue espalhado por toda parte?". Ela estava muito excitada e intrigada com a questão. Um dos atores, Ernest Borgnine, pareceu um pouco perplexo e respondeu com sutileza. "Senhora, já viu alguém levar um tiro e não sangrar?" Esse filme foi lançado no auge da Guerra do Vietnã.

Adoro essa frase. Tem de ser um dos princípios por trás da realidade. Aceitar coisas que são difíceis de compreender, e deixá-las ser o que são. E sangrar. Atirar e sangrar.

Já viu alguém levar um tiro e não sangrar?
O que explica a minha posição como escritora. Eu penso — de uma maneira bem comum — e chego a um ponto em que, em uma esfera a que nem mesmo consigo dar um nome, concebo um sonho, um feto cego chamado *compreensão,* flutuando no líquido amniótico universal da incompreensão. Por isso os meus romances são absurdamente longos e, até agora, pelo menos, nunca chegaram a ser concluídos apropriadamente. As habilidades técnicas e morais necessárias para manter uma linha de suprimento nessa escala estão além da minha capacidade.

É claro que, aqui, não estou escrevendo um romance. Não sei como chamar o que estou fazendo. Simplesmente escrevendo. Pensando alto, portanto não há necessidade de organizar bem as coisas. Não tenho nenhuma obrigação moral. Estou meramente — humm — *pensando.* Não tenho pensado de verdade há muito tempo e, provavelmente, não pensarei tão cedo. Mas neste exato instante *estou pensando*. E é isso o que vou fazer até de manhã. Pensar.

No entanto, não consigo me livrar de minhas velhas e obscuras dúvidas familiares. Não estarei desperdiçando meu tempo e minha energia em uma busca inútil? Carregar um balde de água para um lugar que está prestes a ser inundado? Não deveria abandonar qualquer esforço inútil e simplesmente me deixar levar pela maré?
Colisão? O que é isso?

Vou colocar em outros termos.
O.k. — que maneira diferente usarei?
Ah, me lembrei — é isso.
Se vou meramente divagar, talvez devesse simplesmente me aconchegar sob as cobertas, pensar em Miu e brincar comigo mesma. É isso o que eu quis dizer.

Adoro as curvas do traseiro de Miu. O contraste delicado entre o pelo púbico preto retinto e o cabelo branco como a neve, a bela forma do traseiro em calcinhas pretas pequeninas. Falar de sexo. Dentro de suas calças pretas, seu pelo púbico em forma de T, tão preto quanto.

Tenho de parar de pensar nisso. Desligar o circuito de fantasias sexuais infrutíferas (*clique*) e me concentrar em escrever. Não posso deixar escapar esses momentos preciosos antes do amanhecer. Que outra pessoa, em outro contexto, decida o que é eficaz e o que não é. Neste momento, eu não tenho um pingo de interesse no que possam dizer.

Certo?
Certíssimo!
Portanto — adiante.

Dizem que é um experimento perigoso incluir sonho (sonhos reais ou outros) na ficção que se escreve. Somente um punhado de escritores — e falo dos mais talentosos — é capaz de realizar o tipo de síntese racional que encontramos nos sonhos. Parece razoável. Ainda assim, quero relatar um sonho que tive recentemente. Quero registrar esse sonho simplesmente como um fato que diz respeito a mim e à minha vida. Se é literário ou não, não me importa. Sou apenas o zelador do armazém.

Tive o mesmo tipo de sonho várias vezes. Os detalhes diferem, inclusive o cenário, mas todos seguem o mesmo padrão. E a dor que sinto ao acordar é sempre a mesma. Um único tema é repetido incessantemente, como um trem apitando na mesma curva cega, noite após noite.

O SONHO DE SUMIRE

(Escrevi na terceira pessoa. Parece mais autêntico dessa maneira.)

Sumire está escalando uma comprida escada em espiral para se encontrar com sua mãe que morreu há muito tempo. Sua mãe está esperando no alto da escada. Ela quer dizer alguma coisa, uma informação crítica de que Sumire precisa para viver. Sumire nunca tinha se encontrado antes com uma pessoa morta, e está com medo. Ela não sabe que tipo de pessoa é sua mãe. Talvez — por uma razão que não consegue imaginar — sua mãe a odeie. Mas tem de encontrá-la. É sua única chance.

A escada não tem fim. Sobe, sobe, e não atinge o topo. Sumire sobe correndo, ofegando. Não tem mais tempo. Sua mãe não estará sempre ali, nesse edifício. O supercílio de Sumire começa a transpirar. Finalmente, a escada chega ao fim.
No topo, há um patamar amplo, um muro de pedra espesso no fundo, de frente para ela.
Bem ao nível do olho há uma espécie de buraco redondo, como um respiradouro. Um pequeno orifício de mais ou menos cinquenta centímetros de diâmetro. E a mãe de Sumire, como se tivesse sido puxada pelos pés, está enfiada lá dentro. Sumire se dá conta de que o seu tempo está quase esgotado.

Ali, espremida, sua mãe olha para fora, na sua direção. Olha para o rosto de Sumire como se apelasse para ela. Com um olhar de relance, Sumire sabe que é sua mãe. Ela é a pessoa que me deu vida e carne, pensa. Mas, de alguma maneira, a mulher ali não é a do álbum de fotos da família. Minha mãe de verdade é bonita e jovem. Por isso, aquela pessoa no álbum não era minha mãe, Sumire pensa. Meu pai me enganou.
"Mãe!", Sumire grita com coragem. Sente uma espécie de muro indefinido desaparecer gradativamente dentro dela. Nem bem profere a palavra, sua mãe é puxada mais fundo no buraco, como se sugada por um vácuo gigantesco do outro lado. A boca de sua mãe está aberta, e ela está gritando alguma coisa para Sumire. Mas o som abafado engole suas palavras. No

instante seguinte, sua mãe é puxada na escuridão do buraco e desaparece.

Sumire olha para trás e a escada sumiu. Ela está cercada por muros de pedra. Onde era a escada é agora uma porta de madeira. Ela gira a maçaneta e abre a porta, que dá para o céu. Ela está no topo de uma torre alta. Tão alta que olhar para baixo a deixa tonta. Uma porção de objetos minúsculos, como aviões, estão zunindo pelo céu. Aviões pequenos e simples que qualquer um poderia fazer, construídos de bambu e peças leves de madeira. Na parte de trás de cada avião há um motor pequenino, do tamanho de um punho, e uma hélice. Sumire grita para o piloto de um dos aviões que passam, pedindo para que venha salvá-la. Mas nenhum dos pilotos presta a menor atenção nela.

Deve ser porque estou vestindo estas roupas, conclui. Ninguém pode me ver. Usa um comprido jaleco branco. Ela o tira e está nua — não tem nada debaixo. Ela deixa o jaleco no chão do lado da porta e, como uma alma agora liberta, pega uma corrente ascendente e voa para fora do alcance da vista. O mesmo vento acaricia seu corpo, farfalha os pelos entre as suas pernas. Com um susto, nota que todos os pequenos aviões se transformaram em libélulas. O céu está repleto de libélulas coloridas, seus imensos olhos bulbosos cintilando enquanto observam em volta. O zumbido de suas asas vai se tornando cada vez mais alto, como um rádio sendo ligado. Por fim, torna-se um rugido intolerável. Sumire agacha-se, os olhos fechados, e tapa os ouvidos.

E acorda.

Sumire conseguia lembrar-se de cada detalhe do sonho. Poderia pintar um quadro dele. A única coisa que não conseguia se recordar era do rosto de sua mãe quando sugado pelo buraco negro. E as palavras críticas que ela dizia também se perderam para sempre nesse vácuo. Sumire mordeu com violência o travesseiro e chorou e chorou.

O BARBEIRO NÃO CAVARÁ MAIS BURACOS

Depois desse sonho, cheguei a uma conclusão importante. A ponta da minha picareta, de certa forma engenhosa, finalmente começará a destruir o rochedo sólido. *Pancada.* Decidi deixar claro para Miu o que quero. Não posso ficar assim para sempre, em suspense. Não posso ser como um pequeno barbeiro passivo cavando um buraco em seu quintal, sem revelar a ninguém que amo Miu. Se continuo a agir dessa maneira, lentamente, mas certamente, desaparecerei. Todas as alvoradas e todos os crepúsculos roubarão, pedaço por pedaço, a mim mesma e, em pouco tempo, minha vida será removida completamente — e acabarei *nada*.

A questão está tão clara quanto cristal.
Cristal, cristal.
Quero fazer amor com Miu e ser abraçada por ela. Já desisti de tanta coisa importante para mim. Não há mais nada de que eu possa abrir mão. Não é tarde demais. Tenho de *estar* com Miu, entrar nela. E ela tem de entrar em mim. Como duas cobras glutonas, cintilando.
E se Miu não me aceitar, o que vai ser?
Pensarei nisso quando for a hora.
"Já viu alguém levar um tiro e não sangrar?"

Sangue deve ser derramado. Vou afiar minha faca, deixá-la pronta para cortar a garganta de um cachorro em algum lugar.

Certo?
Certíssimo!

O que escrevi aqui é uma mensagem a mim mesma. Arremesso-
-a como um bumerangue. Ele corta o escuro, deixa um pobre canguru inconsciente e, por fim, volta para mim.

Mas o bumerangue que retorna não é o mesmo que lancei.

Bumerangue, bumerangue.

12

DOCUMENTO 2

São duas e meia da tarde. Lá fora está claro e faz um calor infernal. Os rochedos, o céu e o mar estão faiscando. Se os olhamos por bastante tempo, os limites entre eles se dissolvem, tudo se fundindo em uma lama caótica. A consciência submerge nas sombras sonolentas para evitar a luz. Até os pássaros desistiram de voar. Dentro da casa, no entanto, está agradavelmente fresco. Miu está na sala ouvindo Brahms. Ela está usando um vestido azul de verão com listras finas, seu cabelo puxado para trás com simplicidade. Eu estou à minha mesa, escrevendo estas palavras.

"A música está incomodando você?", pergunta Miu.

Brahms nunca me incomoda, eu respondo.

Tenho procurado refrescar a memória, tentando reproduzir a história que Miu me contou há alguns dias na aldeia na Borgonha. Não é fácil. Ela contou a história aos trancos, a cronologia toda misturada. Às vezes, eu não consigo discernir que eventos aconteceram primeiro, e quais por último, o que foi causa, o que foi efeito. Mas não a culpo. A gilete conspiradora e cruel enterrada em sua memória a corta, e assim como as estrelas se esvanecem com o raiar do dia sobre a vinha, a força da vida é drenada das maçãs de seu rosto enquanto ela me conta.

Miu só contou depois de eu insistir. Tive de recorrer a toda uma gama de apelos para conseguir que ela falasse — alternadamente a encorajando, a forçando, condescendendo, elogiando, instigando-a a prosseguir. Bebemos vinho tinto e conversamos até amanhecer. De mãos dadas, seguimos os rastros de sua memória, remendando-os, analisando os resultados. Mas havia lugares que Miu não conseguia fazer vir à memória. Sempre que tentava se aprofundar neles, ficava completamente confusa e bebia mais vinho. Essas eram as zonas de perigo da memória. Sempre que nos deparávamos com uma, tínhamos de abandonar a busca e nos retirarmos, escrupulosamente, para um terreno mais elevado.

Convenci Miu a me contar a história depois que percebi que ela pintava o cabelo. Miu é uma pessoa tão cuidadosa que somente algumas pessoas com quem convivia faziam ideia de que ela pintava o cabelo. Mas eu notei. Viajando juntas durante tanto tempo, passando os dias juntas, tendemos a perceber coisas desse tipo. Ou talvez Miu não tivesse intenção de esconder. Ela poderia ter sido muito mais discreta se quisesse. Talvez achasse que era inevitável eu descobrir, ou talvez *quisesse* que eu descobrisse. (Humm — pura conjectura de minha parte.)

Perguntei direto. Sou assim — nunca falo com rodeios. Quanto do seu cabelo é branco?, perguntei. Quatorze anos atrás, meu cabelo ficou completamente branco, cada fio. Você ficou doente? Não, não foi isso, disse Miu. Aconteceu uma coisa e o meu cabelo ficou completamente branco. Da noite para o dia.
Gostaria de saber a história, eu disse, implorando. Quero saber tudo sobre você. Você sabe que eu não esconderia nada de *você*. Mas Miu sacudiu a cabeça, recusando-se. Ela nunca tinha contado a história a ninguém. Nem mesmo seu marido sabia o que tinha acontecido. Por quatorze anos, havia sido um segredo só dela.

Mas, no fim, conversamos a noite toda. Cada história tem um tempo para ser contada, eu a convenci. Senão, você se torna prisioneira do segredo dentro de você.

Miu olhou para mim como se contemplando algo distante, fora de cena. Alguma coisa subiu à superfície de seus olhos, depois assentou-se, de novo, no fundo. "Eu não tenho nada a esclarecer", ela disse. "*Eles* têm contas a acertar — não eu."

Não entendi aonde queria chegar.

"Se eu realmente contar a história", disse Miu, "nós duas a partilharemos para sempre. E não sei se isso é a coisa certa a fazer. Se eu levantar a tampa agora, você será implicada. É o que você quer? Quer realmente saber algo que me custou tanto sacrifício esquecer?"

Sim, eu disse, não importa o que seja, quero dividi-lo com você. Não quero que esconda nada.

Miu bebeu um gole do vinho e, obviamente confusa, fechou os olhos. Um silêncio seguiu-se, no qual o próprio tempo pareceu vergar-se.

Por fim, ela começou a contar a história. Parte por parte, um fragmento de cada vez. Alguns elementos da narrativa assumiram vida própria, ao passo que outros nunca fizeram sequer menção de se manifestar. Houve as lacunas e supressões inevitáveis, algumas das quais com seu próprio significado especial. A minha tarefa, agora, como narradora, é reunir — com muito cuidado — todos esses elementos em um todo.

A HISTÓRIA DE MIU E A RODA-GIGANTE

Certo verão, Miu estava sozinha em uma pequena cidade na Suíça, perto da fronteira com a França. Ela tinha vinte e cinco anos e vivia em Paris, onde estudava piano. Foi para essa pequena cidade a pedido de seu pai, para cuidar de algumas negociações de sua empresa. O negócio em si era simples, basicamente jantar com a outra parte e fazer com que assinasse um contrato. Miu gostou da cidadezinha à primeira vista. Era um lugar tão acolhedor e agradável, com um lago e um castelo medieval à sua margem. Pensou em como seria divertido morar ali e tomou a decisão. Além do mais, estava acontecendo um festival de música em uma aldeia vizinha e, se alugasse um carro, poderia frequentá-lo diariamente.

Teve sorte e encontrou um apartamento mobiliado, com um contrato por um período breve, em um pequeno edifício agradável e limpo no topo de uma colina nos arredores da cidade. A vista era magnífica. Perto havia um local onde ela poderia praticar o piano. O aluguel não era barato, mas, se ficasse apertada, poderia sempre contar com seu pai para ajudá-la.

Desse modo, Miu começou sua vida temporária, mas tranquila, na cidade. Comparecia a concertos no festival de música e fazia passeios pela vizinhança, e não demorou a travar algumas relações. Descobriu um pequeno e agradável restaurante e café, que começou a frequentar. Da janela de seu apartamento, dava para ver um parque de diversões fora da cidade. Havia uma roda-gigante imensa. Caixas coloridas com portas para sempre presas à enorme roda, todas girando lentamente pelo céu. Quando alcançavam seus limites lá em cima, começavam a descer. Naturalmente. As rodas-gigantes não vão a nenhum lugar. As gôndolas sobem, descem, uma viagem de ida e volta que, por alguma razão estranha, a maioria das pessoas acha agradável.

De noite, as rodas-gigantes são salpicadas de inúmeras luzes. Mesmo quando pára de funcionar e o parque de diversões é fechado, a roda cintila a noite toda, como se competisse com as estrelas no céu. Miu sentava-se à janela, ouvindo a música no rádio e observando atentamente o movimento de sobe e desce da roda-gigante. Ou, quando ela parava, sua imobilidade, semelhante à de um monumento.

Conheceu um homem que vivia na cidade. Um tipo latino, bonito, na faixa dos cinquenta anos. Era alto, com um belo nariz e cabelo preto liso. Ele se apresentou no café. De onde você é?, perguntou ele. Sou do Japão, ela respondeu. E começaram a conversar. Seu nome era Ferdinando. Era de Barcelona, e havia se mudado para lá havia cinco anos, para trabalhar em design de móveis.

Falava de maneira tranquila, quase sempre brincando. Conversaram por algum tempo e, então, despediram-se. Dois dias depois, encontraram-se por acaso no mesmo café. Ele era sozinho, divorciado, ela descobriu. Disse-lhe que tinha deixado a Espanha para começar vida nova. Miu não teve uma boa impressão do homem. Sentiu que ele estava tentando arrastar a asa para ela. Pressentiu um indício de desejo sexual, e isso a assustou. Decidiu evitar o café.

Ainda assim, esbarrou com Ferdinando várias vezes na cidade — o bastante para ela sentir que ele a estava seguindo. Talvez fosse uma ilusão tola. Era uma cidade pequena, e esbarrar com a mesma pessoa várias vezes não era tão estranho. Sempre que a via, ele sorria largo e dizia alô de uma maneira cordial. No entanto, aos poucos, Miu foi ficando muito irritada e constrangida. Começou a ver Ferdinando como uma ameaça à sua vida tranquila. Como um símbolo dissonante no começo de uma pauta musical, uma sombra agourenta enuviou seu verão tão agradável.

Ferdinando, no entanto, revelou-se apenas o vislumbre de uma sombra maior. Depois de dez dias, começou a sentir uma espécie de obstáculo se impondo à sua vida na cidade. A cidade tão encantadora, tão agradável, parecia-lhe, agora, de mentalidade estreita, presunçosa. As pessoas eram amáveis e gentis, mas começou a sentir um preconceito invisível em relação a ela como asiática. O vinho que tomava nos restaurantes, de repente, passou a deixar um gosto ruim na boca. Encontrou vermes nos vegetais que comprava. As performances no festival de música pareciam apáticas. Não conseguia se concentrar na música. Até mesmo o seu apartamento, que ela antes achava confortável, começou a lhe parecer mal decorado, um lugar esquálido. Tudo perdeu o brilho inicial. A sombra agourenta espalhou-se. E ela não conseguiu escapar.

O telefone tocava à noite e ela atendia. "Alô?", ela dizia. Mas o telefone ficava mudo. Isso aconteceu várias vezes. Devia ser Ferdinando, ela pensou. Mas não tinha provas. Como ele saberia seu número? O aparelho de telefone era de um modelo antigo, e ela não podia desligá-lo. Teve problemas para dormir, e começou a tomar soníferos. Seu apetite desapareceu.

Tenho de sair daqui, decidiu. Mas, por algum motivo que não chegava a compreender, não conseguia partir. Fez uma lista de razões para ficar. Já tinha pagado o mês de aluguel e comprado um passe para a temporada de música. E já tinha alugado seu apartamento de Paris para o verão. Não podia simplesmente ir embora, disse a si mesma. Além disso, na verdade, nada tinha acontecido. Ela não tinha sido machucada concretamente, tinha? Ninguém a tratara mal. Devo estar ficando excessivamente sensível às coisas, convenceu a si mesma.

Uma noite, mais ou menos duas semanas depois de ter chegado, saiu para jantar, como sempre, em um restaurante próximo. Após o jantar, decidiu, para variar um pouco, aproveitar o ar noturno, e foi dar uma volta. Perdida em pensamentos, andou a esmo de uma rua para outra. Sem se dar conta, viu-se na entrada do parque de diversões. O parque da roda-gigante. O ar estava impregnado de música animada, som dos anunciantes das atrações e os gritos alegres das crianças. Os visitantes eram, em sua maioria, famílias e alguns casais da cidade. Miu lembrou-se de seu pai levando-a a um parque de diversões quando era pequena. Ainda hoje era capaz de sentir o cheiro do paletó de tweed de seu pai enquanto giravam nas xícaras. O tempo todo que giraram, ela agarrou-se nas mangas de seu paletó. Para a jovem Miu, esse odor era sinal do mundo distante dos adultos, um símbolo de segurança. Ela se viu sentindo saudades de seu pai.

Só por brincadeira, comprou um ingresso e entrou no parque. O lugar estava cheio de lojas e barracas diferentes — uma galeria de tiro, um show com uma cobra, uma tenda com uma adivinha. Com a bola de cristal na sua frente, a adivinha, uma mulher grande, acenou para Miu: "*Mademoiselle,* venha cá, por favor. É importante. O seu destino está para mudar". Miu apenas sorriu e passou.

Miu comprou sorvete e sentou-se em um banco para comê-lo, observando as pessoas que passavam. Sentia-se muito longe da multidão agitada à sua volta. Um homem começou a falar com ela em alemão. Tinha cerca de trinta anos, era pequeno, cabelo louro e bigode, o tipo de homem que ficaria bem de farda. Ela sacudiu a cabeça e sorriu apontando o relógio. "Estou esperando alguém", ela disse em francês. Sua voz lhe pareceu remota. O homem não disse mais nada, sorriu embaraçado, acenou-lhe brevemente e foi embora.

Miu levantou-se e andou sem rumo. Alguém estava lançando dardos e uma bola estourou. Um urso dançava com seu passo pesado. Um órgão tocou a valsa *Danúbio azul*. Ela olhou para cima e viu a roda-gigante girando no ar vagarosamente. Seria divertido ver o meu apartamento da roda-gigante em vez de o contrário, pensou de repente. Felizmente, estava com um binóculo na bolsa. Estava ali desde a última vez que fora ao festival de música, onde era conveniente para ela ver o palco distante de onde estava sentada no gramado. Era leve e bem resistente. Com ele poderia ver seu quarto.

Foi comprar o ingresso na cabine em frente à roda-gigante. "Vamos fechar daqui a pouco, senhorita", disse o vendedor, um homem velho. Ele murmurou isso olhando para baixo, como se falasse para si mesmo. E sacudia a cabeça. "Estamos quase encerrando por hoje. Vai ser a última volta. Uma volta e fecharemos." Um pelo branco cobria seu queixo, as suíças manchadas pela fumaça do tabaco. Ele tossiu. Suas bochechas estavam vermelhas como se fustigadas há anos pelo vento do norte.

"Tudo bem, uma vez é o bastante", replicou Miu. Ela comprou o ingresso e subiu na plataforma. Era a única pessoa esperando, e, até onde percebeu, as pequenas gôndolas estavam todas vazias.

Caixas vazias balançando preguiçosamente no ar, como se o próprio mundo estivesse se desfazendo em direção ao seu fim.

Ela entrou na gôndola vermelha e sentou-se no banco. O velho veio, fechou a porta e trancou-a por fora. Por segurança, sem dúvida. Como um animal antigo despertando, a roda-gigante fez um ruído e começou a girar. Lá embaixo, a quantidade ordenada de cabines e atrações começou a encolher. À medida que diminuíam, as luzes da cidade se erguiam à sua frente. O lago estava do seu lado esquerdo e ela viu as luzes dos barcos de excursão refletidas delicadamente na superfície da água. A encosta da montanha distante estava pontilhada de luzes dos pequenos povoados. Seu peito apertou-se diante de tanta beleza.

A área em que ela vivia, no cume da colina, ficou visível. Miu focou o binóculo e procurou seu apartamento, mas não foi fácil encontrá-lo. A roda-gigante girava regularmente, levando-a cada vez mais alto. Ela tinha de se apressar. Movimentou o binóculo em uma busca frenética. Mas havia muitos edifícios parecidos. Alcançou o topo da volta e começou a descer. Finalmente, localizou o edifício. Ali estava! Mas tinha, de certa forma, mais janelas do que ela se lembrava. Muita gente estava com as janelas abertas para aproveitar a brisa do verão. Moveu o binóculo de uma janela a outra e, por fim, localizou o segundo apartamento da direita, no terceiro andar. Mas já estava chegando ao solo. As paredes dos outros edifícios impediam a visão. Foi uma pena — apenas mais alguns segundos e ela poderia ter visto o interior do apartamento.

Sua gôndola aproximou-se do chão bem lentamente. Ela tentou abrir a porta para sair, mas a porta não se mexeu. É claro — estava trancada pelo lado de fora. Olhou em volta procurando o velho da bilheteria, mas não o viu em lugar nenhum. A luz da cabine estava apagada. Ela ia chamar alguém, mas não havia ninguém a quem chamar. A roda-gigante pôs-se em movimento mais uma vez. Que enrascada, ela pensou. Como isso podia ter acontecido? Deu um suspiro. Talvez o velho tenha ido ao banheiro e esquecido de desligar a engrenagem. Teria de fazer o circuito mais uma vez.

Tudo bem, pensou. O esquecimento do velho lhe daria uma segunda volta grátis. Dessa vez, com certeza, ela localizaria o apartamento. Segurou o binóculo com firmeza e pôs a cabeça para fora da janela. Como já tinha localizado a área e a posição da última vez, agora seria fácil localizar seu quarto. A janela estava aberta, a luz acesa. Ela odiava entrar em casa no escuro e tinha planejado voltar logo depois do jantar.

Experimentou um sentimento de culpa ao olhar seu próprio quarto de tão longe, através do binóculo, como se estivesse espiando a si mesma. Mas não estou lá, assegurou a si mesma. É claro que não. Há um telefone sobre a mesa. Eu realmente gostaria de ligar para lá. Há uma carta que deixei sobre a mesa. Gostaria de lê-la daqui, pensou Miu. Mas, naturalmente, ela não conseguiria ver tantos detalhes assim.

Finalmente, o vagão em que estava passou pelo zênite da roda-gigante e começou a descer. Tinha descido só um pouco, quando, de súbito, parou. Ela foi jogada de lado, batendo com o ombro e quase deixando o binóculo cair no chão. O som do motor da roda-gigante foi diminuindo até cessar completamente, e tudo foi envolvido por um silêncio sobrenatural. A animada música de fundo tinha desaparecido. A maior parte da iluminação nas cabines lá embaixo estava apagada. Ela escutou com atenção, mas só ouviu o som do vento e mais nada.

Uma imobilidade absoluta. Nada das vozes dos anunciantes das atrações, nada dos gritos alegres das crianças. De início, não entendeu o que tinha acontecido. E então percebeu. Tinha sido abandonada.

    Debruçou-se pela janela aberta pela metade e olhou, de novo, lá para baixo. Deu-se conta de como estava no alto. Miu pensou em gritar por socorro, mas sabia que ninguém poderia ouvi-la. Ela estava muito no alto e sua voz era fraca demais.

    Aonde esse velho podia ter ido? Devia ter bebido. O rosto daquela cor, o hálito, a voz grossa — não havia dúvida. Esqueceu-se de que eu estava na roda-gigante e desligou a máquina. Neste momento, está, provavelmente, bebendo em um bar, tomando cerveja ou gim, ficando ainda mais bêbado e não se lembrando do que tinha feito. Miu mordeu o lábio. Talvez eu só saia daqui amanhã de tarde, pensou. Ou talvez amanhã à noite. Quando abre o parque de diversões? Ela não fazia a menor ideia.

    Miu estava usando apenas uma blusa leve e uma saia curta de algodão e, embora estivessem em meados do verão, o ar da noite suíça era gelado. O vento tinha aumentado. Debruçou-se à janela mais uma vez para olhar lá embaixo. Agora, havia menos luzes do que antes. O pessoal do parque de diversões tinha encerrado o expediente e ido para casa. Devia ter um guarda em algum lugar. Respirou fundo e gritou socorro com toda a força dos pulmões. Escutou com atenção. Gritou de novo. E outra vez. Nenhuma resposta.

    Pegou um bloco de anotações em sua bolsa e escreveu em francês: "Estou presa na roda-gigante, no parque de diversões. Por favor, me ajude". Jogou o papel pela janela. A folha flutuou ao sabor do vento. O vento soprava na direção da cidade, de modo que, se tivesse sorte, a mensagem acabaria lá. E se alguém realmente a pegasse e lesse, acreditaria nela? Em outra página, escreveu seu nome e endereço junto com a mensagem. Assim se tornaria mais digna de crédito. As pessoas não achariam que era uma piada e perceberiam que ela estava em apuros de verdade. Enviou metade das folhas de seu bloco ao vento.

De repente, teve uma ideia, tirou tudo da carteira, exceto um nota de dez francos e pôs um bilhete dentro: "Uma mulher está presa na roda-gigante acima de você. Por favor, ajude". Jogou a carteira pela janela. Ela caiu reto, direto no chão logo abaixo. Não conseguiu ver onde nem ouvir o baque ao bater no solo. Pôs uma mensagem igual na bolsinha de moedas e a lançou pela janela também.

Miu consultou o relógio. Eram dez e meia. Fez uma busca minuciosa em sua bolsa para ver o que mais acharia. Maquiagem, um espelho, seu passaporte. Óculos escuros. Chaves do carro alugado e de seu apartamento. Uma faca para descascar frutas. Um saco de plástico pequeno com três biscoitos dentro. Um livro em francês. Ela tinha jantado, portanto não sentiria fome até amanhecer. Com o ar frio, não sentiria muita sede. E, felizmente, ainda não tinha sentido vontade de ir ao banheiro.

Sentou-se no banco de plástico e recostou-se na parede. Arrependimentos passaram por sua cabeça. Por que tinha ido ao parque de diversões e entrado nessa roda-gigante? Depois do restaurante, deveria ter ido direto para casa. Se tivesse feito isso, estaria tomando um bom banho quente e se aconchegando na cama com um bom livro. Como sempre fazia. Por que não tinha feito isso? E por que contratavam um bêbado incurável como esse velho?

A roda-gigante estalou ao vento. Ela tentou fechar a janela para que o vento não entrasse, mas a janela não se moveu. Desistiu, sentou-se no chão. Sabia que deveria ter trazido uma suéter, pensou. Ao sair do apartamento, tinha parado, se perguntando se não deveria jogar um casaco nos ombros. Mas a noite de verão lhe parecera tão amena, e o restaurante ficava a apenas três quadras. Naquele momento, caminhar até o parque de diversões e entrar na roda-gigante era a última coisa em que pensaria. Tinha dado tudo errado.

Para ajudar a relaxar, tirou o relógio, a pulseira de prata e os brincos em forma de conchas, e os guardou na bolsa. Enroscou-se em um canto, no chão, e torceu para dormir até de manhã. Naturalmente não adormeceu. Estava com frio e desconfortável. Uma ocasional rajada do vento balançava a gôndola. Fechou os olhos e tocou, mentalmente, a sonata em C menor de Mozart, movendo os dedos em um teclado imaginário. Sem nenhuma razão especial, havia memorizado essa peça, que tinha tocado quando era criança. Na metade do segundo movimento, no entanto, sua mente obscureceu. E ela adormeceu.

Quantas horas dormiu não sabia. Não podia ter sido por muito tempo. Despertou sobressaltada e, por um minuto, não fez ideia de onde estava. Aos poucos, a memória retornou. É isso, pensou, estou presa em uma roda-gigante em um parque de diversões. Tirou o relógio de dentro da bolsa. Passava da meia-noite. Miu levantou-se devagar. Dormir nessa posição comprimida tinha deixado suas juntas doloridas. Bocejou algumas vezes, espreguiçou-se e friccionou os pulsos.

Sabendo que não conseguiria voltar a dormir tão cedo, pegou o livro na bolsa e, para manter a mente livre de preocupações, pôs-se a ler a partir de onde tinha parado. O livro era um novo policial que ela tinha comprado em uma livraria na cidade. Felizmente, as luzes da roda-gigante ficavam acesas a noite toda. Depois de ler algumas páginas, percebeu que não estava acompanhando a trama. Seus olhos seguiam as frases corretamente, mas sua mente estava a quilômetros de distância.

Miu desistiu e fechou o livro. Olhou o céu noturno. Uma camada fina de nuvens o cobria, e não viu nenhuma estrela. Havia uma lasca obscurecida de lua. As luzes lançavam, nitidamente, o reflexo de seu rosto na janela de vidro da gôndola.

Ficou contemplando o próprio rosto por muito tempo. Quando isso vai terminar?, perguntou a si mesma. Ter paciência. Depois, tudo isso será apenas uma história engraçada que contará aos outros. Imagina só, ficar trancada em uma roda-gigante em um parque de diversões na Suíça!

Mas não se tornou uma história engraçada.

É aí que começa a história real.

Um pouco mais tarde, pegou o binóculo e olhou para a janela de seu apartamento. Nada tinha mudado. Bem, o que esperava?, perguntou a si mesma, e sorriu.

Olhou para a outra janela do edifício. Já passava da meia-noite, e a maior parte das pessoas estava dormindo. A maioria das janelas estava escura. Algumas pessoas, no entanto, estavam acordadas, a luz acesa. As pessoas dos andares inferiores tinham tomado a precaução de fechar as cortinas. As dos andares superiores não se preocupavam com isso, e deixavam as cortinas abertas para que a fresca brisa noturna entrasse. A vida no interior desses quartos era tranquila e completamente exposta. (Quem imaginaria que alguém estaria escondido em uma roda-gigante a distância, no meio da noite, olhando com binóculo?) Miu não estava muito interessada em espiar a vida particular dos outros. Achava olhar o seu próprio quarto vazio muito mais interessante.

Depois de fazer o circuito completo das janelas e retornar ao próprio apartamento, abafou um grito. Havia um homem nu em seu quarto. De início, achou que tinha se enganado de apartamento. Moveu o binóculo para cima e para baixo, de um lado para o outro. Não tinha se enganado; era o seu apartamento com certeza. Seus móveis, suas flores no vaso, os quadros na parede. O homem era Ferdinando. Não havia a menor dúvida. Ele estava sentado em sua cama, completamente nu. Seu peito e seu estômago eram peludos, e seu pênis comprido pendia flácido, como um animal sonolento.

O que estaria fazendo no meu quarto? Um brilho tênue de suor irrompeu em sua testa. Como ele entrou? Miu não conseguia entender. Primeiro ficou com raiva, depois confusa. Em seguida, uma mulher apareceu na janela. Usava uma blusa branca de mangas curtas e uma saia de algodão azul. Uma mulher? Miu firmou mais o binóculo e fixou os olhos na cena.

O que viu foi *a si própria*.

A mente de Miu não entendeu nada. Estou aqui, olhando o meu quarto através do binóculo. E naquele quarto estou *eu*. Miu focou, e tornou a focar, o binóculo. Porém, por mais que olhasse, era *ela* dentro do quarto. Vestindo exatamente as mesmas roupas que usava agora. Ferdinando abraçou-a e a carregou para a cama. Beijando-a, despiu delicadamente a Miu dentro do quarto. Tirou sua blusa, abriu seu sutiã, puxou sua saia, beijou a base de seu pescoço enquanto acariciava seus seios com as mãos. Depois de um tempo, puxou sua calcinha com uma única mão, a calcinha idêntica à que estava usando. Miu ficou sem ar. O que estava acontecendo?

Antes de se dar conta, o pênis de Ferdinando estava ereto, tão rijo quanto uma vara. Ela nunca tinha visto um tão imenso. Ele pegou a mão de Miu e a pôs sobre seu pênis. Ele acariciou-a e lambeu-a da cabeça aos pés. Sem pressa, suavemente. Ela não resistia. Ela — a Miu no apartamento — deixava-o fazer o que queria, deliciando-se inteiramente, com a paixão vindo à tona. De vez em quando, ela estendia a mão e acariciava o pênis e as bolas de Ferdinando. E permitia que ele a pegasse em toda parte.

Miu não conseguia afastar o olhar dessa cena estranha. Sentiu-se nauseada. Sua garganta ressecou de tal modo que ela não conseguia engolir. Achou que ia vomitar. Tudo era grotescamente exagerado, ameaçador, como alguma pintura alegórica medieval. Miu pensou o seguinte: que eles estavam lhe exibindo deliberadamente aquela cena. *Eles* sabem que estou observando. Mas, ainda assim, não conseguia desviar o olhar.

Um branco.

Depois, o que aconteceu?
Miu não se lembrava. Sua memória sofreu uma interrupção abrupta nesse ponto.
Não consigo me lembrar, disse Miu. Cobriu o rosto com as mãos. Tudo o que sei é que foi uma experiência aterradora, ela disse calmamente. Eu estava exatamente aqui, e a outra Miu estava lá. E aquele homem, o Ferdinando, estava fazendo tudo que é tipo de coisa comigo lá.
O que quer dizer com tudo que é tipo de coisa?

Simplesmente não consigo lembrar. Tudo que é tipo de coisa. Comigo trancada na roda-gigante, ele fez tudo o que queria — com o meu eu de *lá*. Não é que eu tivesse com medo de sexo. Houve um tempo em que eu gostava muito de sexo casual. Mas não era isso o que eu estava vendo lá. Era tudo sem sentido e obsceno, com uma única meta em mente — me poluir completamente. Ferdinando usou todos os truques que conhecia para me sujar com seus dedos grossos e seu pênis de mamute — não que o meu *eu* de lá sentisse que ele *a* estava deixando suja. No fim, não era mais nem mesmo Ferdinando.
Não era mais Ferdinando? Olhei fixo para Miu. Se não era Ferdinando, quem era?
Não sei. Não consigo me lembrar. Mas, no fim, não era Ferdinando. Ou talvez não fosse ele desde o começo.

A partir daí, Miu só se lembra de estar deitada em um leito no hospital, um camisolão branco cobrindo seu corpo nu. Todas as suas juntas doíam. O médico explicou o que tinha acontecido. De manhã, um dos operários que trabalhavam no parque de diversões encontrou a carteira que ela tinha jogado e entendeu o que tinha acontecido. Fez descer a roda-gigante e chamou uma ambulância. Dentro da gôndola, Miu estava caída, inconsciente. Parecia em estado de choque, as pupilas não reagiam. O rosto e os braços estavam cobertos de escoriações, a blusa com sangue. Levaram-na para o hospital. Ninguém entendia como ela se ferira tanto. Felizmente, nenhum dos ferimentos deixaria cicatrizes. A polícia levou o velho responsável pela roda-gigante à delegacia para ser interrogado, mas ele não se lembrava de ela ter andado na roda-gigante quase na hora de fechar.

No dia seguinte, policiais locais a interrogaram. Ela teve dificuldades em responder às suas perguntas. Quando compararam seu rosto com o retrato no passaporte, franziram o cenho, expressões estranhas em seus rostos, como se tivessem engolido algo horrível. Hesitantemente, perguntaram-lhe: *Mademoiselle,* desculpe, mas temos de perguntar, tem mesmo vinte e cinco anos? Tenho, respondi, exatamente como diz no meu passaporte. Por que tinham de perguntar isso?

Pouco depois, no entanto, quando foi ao banheiro para lavar o rosto, compreendeu. Cada fio de cabelo em sua cabeça estava branco. Branco puro, como neve recém-caída. De início, achou que era outra pessoa no espelho. Virou-se. Mas estava sozinha no banheiro. Olhou-se, mais uma vez, no espelho. E a realidade despencou sobre ela naquele instante. A mulher de cabelo branco olhando para ela era *ela mesma.* Desmaiou, caindo no chão.

E Miu desapareceu.

"Eu continuava deste lado, aqui. Mas o *outro eu,* talvez metade de mim, havia passado para o *outro lado.* Levando o meu cabelo preto, o meu desejo sexual, a minha menstruação, a minha ovulação, talvez, até mesmo, a minha vontade de viver. A metade que ficou é a pessoa que você está vendo. Senti-me dessa maneira por muito tempo — que em uma roda-gigante, em uma pequena cidade suíça, por uma razão que não sei explicar, fui dividida em duas para sempre. Talvez tenha sido uma espécie de transação. Não que alguma coisa tenha sido roubada de mim, porque ainda existe no *outro lado*. Apenas um único espelho nos separa do outro lado. Mas não consigo atravessar a fronteira desse lado do espelho. Nunca."

Miu roía levemente as unhas.

"Acho que *nunca* é uma palavra forte demais. Talvez um dia, em algum lugar, nós nos reencontraremos e nos fundiremos em uma de novo. No entanto, uma pergunta muito importante continua sem resposta. Qual *eu*, em *que* lado do espelho está o meu eu *verdadeiro*? Não faço a menor ideia. O meu eu verdadeiro é o que abraçava Ferdinando? Ou o que o detestava? Não tenho como responder a isso.

Depois que terminaram as férias de verão, Miu não voltou à escola. Abandonou os estudos no exterior e retornou ao Japão. E nunca mais tocou em um piano. A força para fazer música a deixou e nunca mais retornou. Um ano depois, seu pai faleceu e ela assumiu a empresa.

"Não ser mais capaz de tocar piano foi definitivamente um choque, mas não fiquei remoendo isso. Eu tinha uma leve ideia de que, mais cedo ou mais tarde, aconteceria. Um dia desses..." Miu sorriu. "O mundo está cheio de pianistas. Vinte pianistas ativos, de nível internacional, são mais do que suficientes. Vá a uma loja e verifique todas as versões de *Waldstein*, a *Kreisleriana*, qualquer coisa. Há tantas peças clássicas para gravar, tanto espaço nas prateleiras de CDs nas lojas. Até onde diz respeito à indústria de gravação, vinte pianistas de primeira qualidade bastam. Ninguém ia se importar se eu não fosse um deles."

Miu abriu seus dez dedos diante de si e os girou várias vezes. Como se tivesse se certificando de sua memória.

"Quando já estava na França havia cerca de um ano, notei uma coisa estranha. Pianistas com técnica pior do que a minha, e que não praticavam nem a metade do tempo que eu praticava, eram capazes de comover a plateia mais do que eu. Enfim, eles me frustravam. De início, achei que era um mal-entendido. Mas a mesma coisa se repetiu tantas vezes que me deixou irritada. É tão injusto!, pensei. Aos poucos, no entanto, entendi — alguma coisa estava faltando em mim. Alguma coisa absolutamente crítica, embora eu não soubesse o quê. O tipo de profundidade de emoção que uma pessoa precisa para fazer uma música que inspire outros, eu acho. Eu não percebi isso quando estava no Japão. No Japão, eu nunca perdi para ninguém e, certamente, não tinha tempo para criticar a minha própria interpretação. Mas em Paris, cercada de tantos pianistas talentosos, finalmente compreendi. Ficou completamente claro — como quando o sol se levanta e a neblina se desfaz."

Miu suspirou. Ergueu os olhos e sorriu.

"Desde pequena, eu gostava de fazer as minhas próprias regras e viver segundo elas. Eu era uma garota muito independente, extremamente séria. Nasci no Japão, frequentei escolas japonesas, cresci tocando com amigos japoneses. Emocionalmente, era completamente japonesa, mas, por nacionalidade, era estrangeira. Tecnicamente falando, o Japão será sempre um país estrangeiro. Meus pais não eram do tipo rigoroso, mas havia uma coisa que martelavam sem cessar. Você é uma *estrangeira* aqui. Concluí que, para sobreviver, precisaria me fortalecer."

Miu prosseguiu com a voz calma.

"Ser durona não é, em si mesmo, algo ruim. Mas olhando retrospectivamente, percebo que me acostumei demais a ser forte, e nunca tentei entender os que eram fracos. Acostumei-me demais em ser afortunada, e não tentei compreender os menos afortunados. Excessivamente habituada a ser saudável, não procurei compreender o sofrimento daqueles que não eram. Sempre que via alguém com problemas, alguém paralisado pelos eventos, eu concluía que a culpa era totalmente da pessoa — simplesmente não tinha se esforçado o bastante.

As pessoas que se queixavam eram meramente preguiçosas. Minha perspectiva de vida era inabalável, e prática, mas carecia de calor humano. E nem uma única pessoa à minha volta me chamou a atenção para isso.

"Perdi a virgindade aos dezessete anos e dormi com alguns homens. Eu tinha muitos namorados e, se estivesse a fim, não me importava com aventuras que durassem uma única noite. Mas nunca amei ninguém. Eu não tinha tempo. Tudo em que pensava era em me tornar uma pianista internacional, e desviar desse caminho não foi uma opção. Estava faltando alguma coisa em mim, mas, quando percebi essa lacuna, era tarde demais."

De novo, ela estendeu as duas mãos em frente, e refletiu durante algum tempo.

"Nesse sentido, o que aconteceu na Suíça, quatorze anos atrás, pode ter sido algo que eu mesma criei. Às vezes, eu acho isso."

Miu casou-se aos vinte e nove anos. Desde o incidente na Suíça, ficou totalmente frígida e não conseguia fazer sexo com ninguém. Alguma coisa dentro dela tinha desaparecido para sempre. Ela partilhou esse fato — e somente esse — com o homem com quem acabou se casando. Por isso não posso me casar com ninguém, ela explicou. Mas o homem amava Miu e, mesmo que isso significasse uma relação platônica, quis dividir o resto da sua vida com ela. Miu não encontrou uma razão válida para recusar sua proposta. Ela o conhecia desde que era criança, e sempre tinha gostado dele. Independentemente do tipo de relacionamento que tivessem, ele era a única pessoa com quem se imaginava dividindo sua vida. Além disso, no lado prático, ser casada era importante no que dizia respeito a continuar o negócio da família.

Miu prosseguiu.

"Meu marido e eu só nos vemos nos fins de semana e, em geral, nos damos bem. Somos como bons amigos, como sócios capazes de passar um tempo agradável juntos. Falamos de todo tipo de coisas e confiamos um no outro. Onde e como ele mantém uma vida sexual eu não sei, e realmente não me importo. Nunca fazemos amor — nunca, nem mesmo, tocamos um no outro. Eu me sinto mal com isso, mas não quero tocá-lo. Simplesmente não quero."

Cansada de falar, Miu cobriu o rosto com as mãos. Lá fora, o céu tinha se tornado luz.

"No passado, eu estava viva, e estou viva agora, sentada aqui, conversando com você. Mas o que você está vendo não sou eu realmente. É apenas a sombra do que fui. *Você* está realmente viva. Mas eu não. Até mesmo estas palavras que digo agora me soam vazias, como um eco."

Sem falar, pus o braço em volta do seu ombro. Não consegui encontrar as palavras certas, de modo que só a abracei.

Estou apaixonada por Miu. Pela Miu *deste lado*, nem precisa dizer. Mas também amo igualmente a Miu do outro lado. No momento em que esse pensamento me ocorreu, foi como se eu ouvisse — com um estalo perceptível — eu mesma me partindo em duas. Como se a divisão de Miu se tornasse uma ruptura que me dominasse. A sensação foi muito forte e eu sabia que não havia nada que eu pudesse fazer para combatê-la.

No entanto, fica uma pergunta. Se *o* lado em que Miu está não é o mundo real — se *este* lado é realmente o *outro* lado —, e eu, a pessoa que partilha o mesmo plano temporal e espacial com ela?

Quem, afinal, *eu* sou?

13

Li os dois documentos duas vezes, primeiro uma olhada rápida, depois devagar, prestando atenção aos detalhes, gravando-os na minha mente. Os documentos eram, definitivamente, de Sumire; o fraseado era bem o dela. No entanto, havia, de modo geral, algo diferente no tom, alguma coisa com que eu não consegui atinar. Era mais contido, mais distanciado. Mas não havia dúvida — Sumire havia escrito os dois.

Depois de um momento de hesitação, pus o disquete na minha bolsa. Se Sumire voltasse sem incidentes, eu o recolocaria no lugar. O problema era o que fazer se ela *não* retornasse. Se alguém mexesse em suas coisas, fatalmente daria com o disquete, e eu não suportava pensar em outros olhos encontrando o que eu acabara de ler.

Depois de ler os documentos, tive de sair da casa. Vesti uma camisa limpa, deixei o chalé e desci a escadaria para a cidade. Troquei um *traveler's check* de cem dólares, comprei um tabloide em inglês, no quiosque, e me sentei sob um para-sol em um café para lê-lo. Um garçom sonolento anotou meu pedido de limonada e torrada com queijo derretido. Ele anotou-o com um toco de lápis, sem a menor pressa. O suor tinha filtrado pelas costas de sua camisa, formando uma grande mancha. A mancha parecia estar enviando uma mensagem, mas eu não consegui decifrá-la.

Folheei, mecanicamente, a metade do jornal, depois observei, distraído, a cena no porto. Um cachorro preto e magricela surgiu não sei de onde, farejou minhas pernas e então, perdendo o interesse, afastou-se lentamente. As pessoas passavam a tarde lânguida de verão sem sair do lugar. Os únicos que pareciam se mover eram o garçom e o cachorro, se bem que eu tivesse dúvidas de por quanto tempo continuariam assim. O velho do quiosque em que comprei o jornal tinha adormecido rapidamente sob o guarda-sol, as pernas abertas. Na praça, a estátua do herói permanecia impassível como sempre, de costas para a intensa luz do sol.

Refresquei as palmas das mãos e a testa com o copo de limonada gelada, revolvendo, na mente, as conexões possíveis entre o desaparecimento de Sumire e o que ela tinha escrito.

Sumire não escrevera durante muito tempo. Quando conheceu Miu, na recepção de casamento, seu desejo pela escrita havia voado pela janela. Mas ali, naquela pequena ilha, ela havia produzido esses dois textos em um breve período. Um feito nada insignificante, completar tanto em tão poucos dias. Alguma coisa deve ter motivado Sumire a sentar-se à mesa e escrever. Onde estava a motivação?

Ainda mais relevante, que tema ligava esses dois documentos? Olhei para cima, observei os pássaros pousados no cais e refleti um pouco.

Estava quente demais para pensar sobre questões complicadas. Na verdade, eu estava cansado e confuso. Porém, como se reunisse e organizasse o que restara de um exército derrotado — menos os tambores e cornetas —, reorganizei meus pensamentos dispersos. Com a mente concentrada, comecei a juntar todas as partes.

"O que é importante aqui", sussurrei para mim mesmo, "não são as coisas grandes que outras pessoas pensaram, mas as pequenas coisas que você, você próprio, pensou." Minha máxima padrão que ensinei aos meus alunos. Mas seria isso verdade? É fácil falar, mas pôr em prática é outra história. É difícil começar, até mesmo, com as coisas pequenas, imagine só o Grande Quadro. Ou, talvez, quanto menor a noção, mais difícil é compreendê-la. Além do mais, não ajudava nada eu estar tão longe de casa.

O sonho de Sumire. A divisão de Miu.

São dois mundos diferentes, percebi. *Esse* é o elemento comum aqui.

Documento 1: Relaciona-se ao sonho que Sumire teve. Ela está subindo uma longa escada para ir ao encontro de sua mãe morta. Mas, no momento em que chega, sua mãe já está retornando para o outro lado. E Sumire não consegue detê-la. E ela é deixada no topo de uma torre, cercada de objetos de um mundo diferente. Sumire teve vários sonhos semelhantes.

Documento 2: Esse refere-se às experiências estranhas que Miu teve há quatorze anos. Ela ficou presa, durante uma noite inteira, na roda-gigante de um parque de diversões em uma pequena cidade suíça e, ao olhar com o binóculo para o seu próprio quarto, viu um segundo eu lá. Um *doppelgänger*. E essa experiência destruiu Miu como pessoa — ou, pelo menos, tornou palpável essa destruição. Como Miu colocou, ela foi dividida em duas, com um espelho entre os dois eus. Sumire tinha convencido Miu a contar a história e a transcreveu na melhor forma de que foi capaz.

Este lado — o outro lado. Esse era o fio comum. O movimento de um lado para o outro. Sumire deve ter sido motivada por isso, e o bastante para passar tanto tempo o transcrevendo. Usando suas próprias palavras, escrever tudo isso a ajudava a *pensar.*

O garçom veio limpar os restos de minha torrada, e eu pedi mais um copo de limonada. Com muito gelo, eu disse. Quando ele trouxe o refresco, bebi um gole e usei o copo, de novo, para refrescar a testa.

"E se Miu não me aceitar, o que vai ser?" Sumire tinha escrito. "Pensarei nisso quando for a hora. Sangue deve ser derramado. Afiarei minha faca, deixá-la pronta para cortar a garganta de um cachorro em algum lugar."

O que ela estava tentando transmitir? Estaria insinuando que poderia se matar? Eu não podia aceitar isso. Suas palavras não exalavam o cheiro acre da morte. O que eu sentia era mais a vontade de seguir adiante, de lutar por um recomeço. Cachorros e sangue são apenas metáforas, como eu tinha lhe explicado naquele banco no parque Inogashira. Elas extraem seu significado das forças mágicas vitais. A história sobre os portões chineses era uma metáfora de como uma história captura essa mágica.

Pronta para cortar a garganta de um cachorro em algum lugar.

Em algum lugar?

Meus pensamentos chocaram-se contra uma parede sólida. Um impasse total.

Aonde Sumire poderia ter ido? Há algum lugar, nesta ilha, a que ela precisava ir?

Não conseguia tirar da cabeça a imagem de Sumire caindo em um poço, em alguma área remota, e esperando socorro sozinha. Ferida, sozinha, morrendo de fome e sede. Esse pensamento quase me deixou louco.

A polícia tinha deixado claro que não existia um único poço na ilha. Tampouco tinham ouvido falar de um buraco perto da cidade. Se houvesse algum, seríamos os primeiros a saber, declararam. Eu tive de concordar.

Decidi arriscar uma teoria.

Sumire tinha passado para o *outro lado*.

Isso explicaria quase tudo. Sumire tinha atravessado o espelho e viajado para o outro lado. Para se encontrar com a Miu que estava lá. Se a Miu do lado de cá a rejeitava, não seria a coisa mais lógica a fazer?

Rememorei o que ela tinha escrito: "O que fazer para evitar uma colisão? Logicamente, é fácil. A resposta é *sonhos*. Sonhar sem parar. Entrar no mundo dos sonhos e não sair nunca mais. Viver lá para o resto da vida".

No entanto, fica uma pergunta. Uma pergunta importante. Como se chega lá?

Em simples termos lógicos, é fácil. Embora explicá-lo não.

Eu tinha voltado para onde começara.

Pensei em Tóquio. Em meu apartamento, a escola em que eu ensinava, o lixo da cozinha que eu tinha jogado furtivamente em uma lata de lixo na estação. Só estava fora havia dois dias, mas o Japão já parecia um mundo diferente. O semestre começaria em uma semana. Imaginei-me em pé diante de trinta e cinco alunos. Dessa distância, o pensamento de me ver ensinando alguém — mesmo crianças de dez anos — pareceu absurdo.

Tirei os óculos escuros, enxuguei o suor da testa com um lenço e tornei a pôr os óculos. E observei as aves marinhas.

Pensei em Sumire. Sobre a ereção colossal que tive na vez que me sentei do seu lado quando se mudou para o novo apartamento. Um tipo impressionante, rijo como uma rocha, de ereção que eu nunca tinha experimentado antes. Como se o meu corpo fosse explodir. Na hora, em minha imaginação — algo como o *mundo dos sonhos* sobre o qual Sumire escreveu —, fiz amor com ela. E a sensação foi muito mais real do que qualquer sexo que eu já tinha feito.

Tomei um pouco da limonada para limpar a garganta.

Retomei a minha hipótese, dando um passo à frente. Sumire, de alguma maneira, encontrou uma saída. Que tipo de saída e como a descobriu eu não tinha como saber. Vou deixar isso para depois. Suponhamos que seja uma espécie de porta. Fechei os olhos e evoquei a imagem — uma imagem elaborada de com que essa porta se parecia. Simplesmente uma porta comum, parte de uma parede comum. Sumire encontrou, por acaso, essa porta, girou a maçaneta e passou para fora — *deste* lado para o *outro* lado. Vestida apenas com um pijama de seda e sandálias.

O que há além dessa porta está além da minha capacidade de imaginar. A porta fechou-se e Sumire não pôde retornar.

Voltei ao chalé e preparei um jantar simples com coisas que encontrei na geladeira. Tomate e massa com manjericão, uma salada, uma cerveja Amstel. Sentei-me na varanda, absorto em pensamentos. Ou, talvez, pensando em nada. Ninguém ligou. Miu talvez tentasse ligar de Atenas, mas não se podia contar com que o telefone completasse a ligação.

A cada instante, o azul do céu tornava-se mais escuro, uma grande lua circular levantava-se do mar, algumas estrelas perfuravam o céu. Uma brisa soprava nas encostas, farfalhando os hibiscos. Na ponta do píer, o farol despovoado piscava de quando em quando a sua lanterna de aparência antiga. As pessoas desciam, lentamente, a encosta, conduzindo burros. Sua conversa em voz alta tornava-se mais próxima, depois desaparecia a distância. Observei tudo em silêncio, essa cena estrangeira me parecendo perfeitamente natural.

    O telefone acabou não tocando e Sumire não apareceu. Calmamente, delicadamente, o tempo passava, a noite se aprofundava. Peguei umas duas fitas no quarto de Sumire e as toquei no som que estava na sala. Uma delas era uma coletânea de canções de Mozart. *Elisabeth Schwarzkopf e Walter Gieseking (p),* dizia a etiqueta escrita à mão. Não conheço muito de música clássica, mas bastou ouvi-la uma vez para sentir como era adorável. O estilo do canto era um pouco antiquado, mas me lembrou a leitura de uma memorável e bela prosa — que pede que se sente ereto e preste atenção. Os intérpretes, parecia, estavam logo ali, na minha frente, o fraseado delicado se intensificando, depois se retraindo, para tornar a se intensificar. Uma das músicas deveria ser *Sumire*. Afundei na cadeira, fechei os olhos e compartilhei essa música com a minha amiga desaparecida.

Fui despertado por música. Uma música distante, quase inaudível. De maneira regular, como um marinheiro sem rosto puxando uma âncora do fundo do mar, o som fraco me fez recobrar os sentidos. Sentei-me na cama, inclinei-me na direção da janela aberta e escutei com atenção. Definitivamente, era música. O relógio de pulso do lado da cama mostrava que passava da uma da manhã. Música? A essa hora da noite?

    Vesti a calça e uma camisa, pus os sapatos e fui lá para fora. As luzes na vizinhança estavam todas apagadas, as ruas desertas. Sem vento, nem mesmo o ruído das ondas. Somente o luar banhando a terra. Fiquei ali, escutando. O mais estranho era que a música parecia vir do cume das montanhas. Não havia nenhuma aldeia nas montanhas íngremes, apenas alguns poucos pastores e mosteiros, onde monges levavam sua vida enclausurada. Era difícil imaginar qualquer um dos dois grupos realizando um festival a essa hora.

Lá fora, a música era mais audível. Eu não consegui compreender a melodia, mas, pelo ritmo, era claramente grega. Tinha o som irregular, agudo, da música ao vivo, não de algo tocado por alto-falantes.

A essa altura, eu estava totalmente desperto. O ar da noite de verão era agradável, com uma profundidade misteriosa. Se eu não estivesse preocupado com Sumire, talvez tivesse percebido uma celebração. Apoiei as mãos nos quadris, estiquei-me, olhando para o céu e respirei fundo. O frescor da noite me inundou. De repente, ocorreu-me um pensamento — talvez, neste exato momento, Sumire esteja ouvindo a mesma música.

Decidi caminhar um pouco na direção da música. Tinha de descobrir de onde vinha, quem a estava tocando. A estrada para o cume da montanha era a mesma que eu tinha percorrido pela manhã para ir à praia, de modo que sabia o caminho. Vou até onde puder, decidi.

O luar intenso iluminava tudo, tornando fácil a caminhada. Criava sombras complexas entre os rochedos, tingindo o solo com matizes inesperados. Toda vez que a sola do meu tênis pisava em um seixo, o som era amplificado. A música se tornava mais pronunciada, à medida que eu subia a encosta. Como havia suposto, vinha do cimo da montanha. Pude distinguir um certo tipo de percussão instrumental, uma espécie de alaúde, um acordeão e uma flauta. Possivelmente um violão. Exceto isso, não ouvi mais nada. Ninguém cantando, nenhum grito. Apenas a música, tocando interminavelmente em um andamento neutro, quase monótono.

Eu queria ver o que estava acontecendo no cimo da montanha, mas, ao mesmo tempo, achava que devia me manter a distância. Curiosidade irreprimível disputando com um medo instintivo. Ainda assim, tive de seguir adiante. Sentia como se estivesse vivendo um sonho. Faltava o princípio que tornava outras escolhas possíveis. Ou era a escolha que tornava o princípio possível que estava faltando?

Considerando-se o pouco que eu sabia, Sumire teria, alguns dias antes, despertado com a mesma música, a curiosidade dominando-a enquanto subia a encosta, de pijama.

Parei e me virei para trás. A encosta descia sinuosa e pálida em direção à cidade, como rastros de um inseto gigantesco. Olhei para o céu, sob o luar, e relanceei os olhos para a palma da minha mão. Com um lampejo de compreensão, percebi que não era mais a minha mão. Não posso explicar. Mas com um olhar de relance eu *soube*. A minha mão não era mais a minha mão, as minhas pernas não eram mais as minhas pernas.

Banhado pela luz pálida da lua, meu corpo, como um boneco de gesso, havia perdido todo o calor da vida. Como se um feiticeiro vodu tivesse me lançado um sortilégio, insuflando a minha vida transitória nessa massa de barro. A centelha de vida tinha desaparecido. A minha vida real tinha adormecido em algum lugar, e alguém sem rosto a estava enfiando em uma mala, preparando-se para partir.

Um calafrio horripilante me atravessou e fiquei sem ar. Alguém tinha reordenado as minhas células, desatado os fios que mantinham a minha mente íntegra. Não consegui raciocinar direito. Tudo que consegui foi retroceder o mais rápido possível ao meu refúgio habitual. Respirei bem fundo, afundando no mar de consciência, bem fundo. Afastando a água pesada, mergulhei rapidamente e me agarrei a uma rocha enorme com os dois braços. A água comprimia meus tímpanos. Fechei meus olhos bem apertados, prendi a respiração, resistindo. Quando tomei a decisão, não foi tão difícil. Fui-me acostumando — à pressão da água, à falta de ar, à escuridão paralisante, aos sinais de caos emitidos. Era algo com que eu tinha lutado repetidamente quando criança.

O tempo se inverteu, deu a volta para trás, ruiu, reordenou-se. O mundo expandia-se interminavelmente — e, ainda assim, era definido e limitado. Imagens nítidas — só as imagens — percorriam corredores escuros, como águas-vivas, como almas à deriva. Mas revesti-me de coragem e não olhei para elas. Se as reconhecesse, nem que fosse só um pouco, adquiririam um significado. O significado estava fixado no temporal, e o temporal estava tentando me obrigar a subir à superfície. Fechei o acesso à minha mente, esperando a procissão passar.

Por quanto tempo permaneci assim, não sei. Quando voltei à tona, abri os olhos e respirei silenciosamente, a música já tinha cessado. A performance enigmática tinha se encerrado. Escutei com atenção. Não ouvi nada. Absolutamente nada. Nenhuma música, nenhuma voz, nenhum farfalhar do vento.

Tentei ver as horas, mas estava sem relógio. Tinha deixado o meu na mesa de cabeceira.

O céu, agora, estava cheio de estrelas. Ou seria imaginação minha? O céu parecia ter-se transformado em algo diferente. A sensação estranha de alienação que eu tinha sentido havia desaparecido. Espreguicei-me, curvei meus braços, meus dedos. Nenhuma sensação de estarem fora do lugar. Minhas axilas estavam úmidas, mas isso era tudo.

Levantei-me da relva e prossegui a subida. Se tinha chegado até ali, podia muito bem atingir o cume. Teria realmente havido música lá? Tinha de ver por mim mesmo, ainda que só restassem vestígios indistintos. Em cinco minutos, cheguei ao alto. Em direção ao sul, a colina pendia para o mar, para o porto, para a cidade adormecida. Alguns postes de luz iluminavam a estrada litorânea. O outro lado da montanha estava coberto pelas trevas, nenhuma luz visível. Olhei fixamente para o escuro e, finalmente, divisei uma cadeia de montanhas, sob a luz da lua. Além dela, as trevas eram ainda mais intensas. E ali, à minha volta, nenhum sinal de que um animado festival tivesse acontecido há tão pouco tempo.

Apesar de seu eco persistir bem no fundo de minha cabeça, passei a nem mesmo ter certeza de que realmente tinha ouvido uma música. Com o passar do tempo, fui ficando cada vez mais na dúvida. Talvez isso tudo tivesse sido uma ilusão, os meus ouvidos tivessem captado sinais de outro tempo e lugar. Fazia sentido — a ideia de que pessoas se reuniriam no alto de uma montanha à uma da manhã para tocar música *era* muito absurda.

No céu acima do cume, a lua de aparência tosca assomava incrivelmente próxima. Uma bola de pedra dura, a pele consumida pela inclemente passagem do tempo. Sombras agourentas em sua superfície eram células cancerígenas cegas que estendiam tentáculos na direção do calor da vida. O luar envolvia todo som, apagava todo significado, jogava toda mente no caos. Fez Miu ver um segundo eu. Levou o gato de Sumire para algum lugar. Fez Sumire desaparecer. E me levou até ali, no meio da música que — provavelmente — nunca existiu. À minha frente, uma escuridão sem fim; atrás de mim, um mundo de luz pálida. Fiquei ali, no cimo de uma montanha em uma terra estrangeira, banhado pelo luar. Talvez isso tudo tivesse sido meticulosamente planejado, desde o começo.

Retornei ao chalé e bebi um copo do conhaque de Miu. Tentei dormir, mas não consegui. Não preguei os olhos.

Até o céu a leste clarear, fiquei sob o domínio da lua, e da gravidade, e de algo desperto no mundo.

    Imaginei gatos morrendo de fome em um apartamento fechado. Carnívoros pequenos, macios. Eu — o meu eu *real* — estava morto, e eles estavam vivos, devorando a minha carne, mastigando o meu coração, chupando o meu sangue. Se eu prestasse muita atenção, podia ouvir, em algum lugar muito remoto, os gatos comendo avidamente o meu cérebro. Três gatos ágeis, cercando minha cabeça quebrada, sorvendo ruidosamente a sopa cinzenta, polpuda, em seu interior. A ponta de suas línguas vermelhas, ásperas, lambiam as pregas suaves de minha mente. E a cada lambida de suas línguas, a minha mente — como um sopro de ar quente — estremecia e desaparecia gradativamente.

14

Acabamos sem nunca descobrir o que aconteceu com Sumire. Como Miu disse, ela desapareceu feito fumaça.

Dois dias depois, Miu voltou à ilha na barca de meio-dia, com um funcionário da embaixada do Japão e um policial encarregado de assuntos turísticos. Reuniram-se com a polícia local e encaminharam uma investigação em grande escala, envolvendo os ilhéus. A polícia divulgou uma solicitação pública de informações, exibindo uma versão ampliada da foto do passaporte de Sumire em um jornal nacional. Várias pessoas entraram em contato, mas nada deu resultado. A informação acabava sempre por dizer respeito a outra pessoa.

Os pais de Sumire também foram para a ilha. Eu parti um pouco antes de eles chegarem. O novo semestre na escola se aproximava, mas, principalmente, não consegui suportar a ideia de enfrentá-los. Além disso, a imprensa no Japão tinha ouvido falar dos acontecimentos e começara a contactar a embaixada japonesa e a polícia local. Eu disse a Miu que estava na hora de eu retornar a Tóquio. Permanecer por mais tempo na ilha não ajudaria a encontrar Sumire.

Miu concordou. Você já fez muito, disse ela. Realmente. Se não tivesse vindo, eu teria ficado completamente perdida. Não se preocupe. Explicarei tudo aos pais de Sumire. E me ocuparei dos repórteres. Deixe isso comigo. Para começar, você não tem responsabilidade nenhuma no que aconteceu. Posso ser muito metódica quando é preciso, e consigo ficar firme.

Ela me levou ao porto. Eu tomaria a barca da tarde para Rodes. Fazia exatamente dez dias desde que Sumire tinha desaparecido. Miu me abraçou quando eu estava para embarcar. Um abraço muito natural. Por um longo momento, passou a mão em minhas costas, em silêncio. O sol da tarde estava quente, e estranhei sua pele fria. Sua mão estava tentando me dizer alguma coisa. Fechei os olhos e escutei as palavras. Não palavras — algo que não se fundia em linguagem. No meio do nosso silêncio, algo se passou entre nós.

— Cuide-se — disse Miu.

— Você também — eu disse. Ficamos um pouco ali, em frente da prancha de embarque.

— Quero que me responda francamente — disse Miu em um tom grave, logo antes de eu embarcar. — Acha que Sumire não vive mais?

Sacudi a cabeça.

— Não posso provar, mas sinto que ela continua viva em algum lugar. Mesmo depois de tanto tempo, não consigo ter a sensação de que ela está morta.

Miu cruzou seus braços bronzeados e olhou para mim.

— Na verdade, sinto exatamente a mesma coisa — disse ela. — Que Sumire não está morta. Mas também sinto que nunca mais a verei. Embora eu tampouco possa provar.

Não falei nada. O silêncio entrelaçou-se nos espaços à nossa volta. Aves marinhas ganiram ao atravessar o céu sem nuvens, e, no café, o garçom sempre sonolento ergueu mais uma bandeja de bebidas.

Miu apertou os lábios e ficou absorta em pensamentos.

— Você me odeia? — perguntou por fim.

— Porque Sumire desapareceu?

— Sim.

— Por que a odiaria?
— Não sei. — Sua voz tingiu-se de uma exaustão há muito reprimida. — Tenho a impressão de que nunca mais o verei também. Foi por isso que perguntei.
— Eu não a odeio — eu disse.
— Mas quem pode afirmar no futuro?
— Não odeio as pessoas por coisas assim.

Miu tirou o chapéu, ajeitou a franja e tornou a colocá-lo. Olhou-me com atenção.

— Talvez porque não espere nada de ninguém — disse ela. Seu olhar foi profundo e límpido, como o escuro crepuscular do dia em que nos conhecemos. — Eu não sou assim. Só quero que saiba que gosto de você. Gosto muito.

E nos despedimos. A barca afastou-se do cais, a hélice revolvendo a água enquanto girava 180 graus. Miu ficou no porto me observando partir. Usava um vestido branco justo e, ocasionalmente, estendia o braço para segurar o chapéu e impedir que fosse levado pelo vento. Em pé ali, no cais daquela pequena ilha grega, parecia algo de um mundo diferente, fugaz, cheia de graça e beleza. Recostei-me na balaustrada do convés e observei-a até desaparecer. O tempo pareceu se imobilizar, a cena ficou gravada em minha memória para sempre.

Mas o tempo recomeçou a se mover e Miu foi-se tornando menor, e menor, até se tornar um ponto indistinto e, por fim, foi tragada no ar tremeluzente. A cidade foi se distanciando, a forma das montanhas se tornando indistintas e, finalmente, a ilha fundiu-se na névoa de luz, tornando-se um borrão, até desaparecer completamente. Outra ilha surgiu substituindo-a e, de maneira semelhante, desapareceu a distância. Com o passar do tempo, todas as coisas que ali deixei pareceram nunca ter existido.

Talvez eu devesse ter ficado com Miu. E daí se o semestre estava para começar? Devia encorajar Miu, fazer tudo que pudesse para ajudá-la na busca e, se algo terrível acontecesse, então a abraçaria, a consolaria como pudesse. Miu me queria, acho, no sentido que eu a queria também.

Ela tinha se fixado no meu coração com uma intensidade incomum.

Percebi tudo isso quando estava no convés e a observava desaparecer a distância. Um sentimento me tomou, como se mil cordões me puxassem. Talvez não um amor romântico, mas algo bem próximo. Aturdido, sentei-me em um banco, pus a bolsa sobre os joelhos e observei a esteira branca deixada pelo barco. Gaivotas acompanhavam a barca, bem próximas à esteira. Eu ainda podia sentir as mãos de Miu nas minhas costas, como a pequenina sombra de uma alma.

Pretendia voar imediatamente de volta a Tóquio, mas, não sei por quê, a reserva que eu tinha feito fora cancelada, e acabei passando a noite em Atenas. O ônibus da companhia aérea me conduziu a um hotel na cidade. Um hotel confortável, agradável, perto do distrito de Plaka que, infelizmente, estava lotado de um grupo alemão turbulento. Sem ter o que fazer, vaguei pela cidade, comprei suvenires para ninguém em particular e, ao anoitecer, subi ao topo da Acrópole. Deitei-me em uma laje, a brisa crepuscular soprando sobre mim, e contemplei o templo branco flutuando lá em cima, na luz azulada dos holofotes. Uma cena onírica, encantadora.

Mas tudo o que eu sentia era uma solidão sem par. Antes que eu percebesse, o mundo em volta foi privado de cor. Do cimo maltratado da montanha, as ruínas desses sentimentos vazios, vi a minha própria vida estendendo-se no futuro. Parecia uma ilustração de um romance de ficção científica que li em criança, sobre a superfície desolada de um planeta deserto. Nenhum sinal de vida. Cada dia parecia durar para sempre, o ar ou estava fervendo ou gelando. A nave espacial que me levara para lá tinha desaparecido, e eu estava preso. Tinha de sobreviver sozinho.

De novo, compreendi como Sumire era importante, era insubstituível para mim. À sua maneira, uma maneira especial, ela tinha me mantido amarrado ao mundo. Quando conversava com ela e lia suas histórias, minha mente se expandia, e eu era capaz de ver coisas que nunca tinha visto antes. Sem esforço, fomos nos aproximando. Como dois amantes jovens se despindo um em frente do outro. Sumire e eu expusemos nossos corações um para o outro, uma experiência que nunca mais tive com ninguém. Tratávamos com carinho o que vivíamos juntos, embora nunca colocássemos em palavras como era precioso.

É claro que dói nunca termos nos amado de uma maneira física. Teríamos sido muito mais felizes. Mas foi como a maré, a mudança de estações — algo imutável, um destino impossível de ser alterado. Não importa o quão inteligentemente podíamos resguardá-la, a nossa amizade delicada não ia durar para sempre. Estávamos fadados a um impasse. Isso estava dolorosamente claro.

Eu amava Sumire, mais do que qualquer outra pessoa, e a queria mais do que a qualquer outra coisa no mundo. E não podia simplesmente arquivar esse sentimento, pois não havia nada que pudesse substituí-lo.

Sonhei que um dia aconteceria uma *transformação* repentina, importante. Mesmo que as chances de isso ocorrer realmente fossem escassas, podia sonhar, não podia? Mas eu sabia que nunca se tornaria realidade.

Como a maré, quando retrocede, deixa o litoral completamente limpo, Sumire, ao partir, me deixou em um mundo distorcido, vazio. Um mundo sombrio, frio, em que o que ela e eu tínhamos vivido nunca mais aconteceria.

Cada um de nós tem um *quê* especial que só podemos usufruir em um momento especial da nossa vida. Como uma pequena chama. Alguns poucos afortunados cuidam dessa chama, alimentam-na, segurando-a como uma tocha para iluminar seu caminho. Mas, uma vez apagada, nunca mais se acende. O que eu tinha perdido não tinha sido somente Sumire. Eu tinha perdido essa chama preciosa.

Como será — no *outro lado*? Sumire estava lá, e também a parte perdida de Miu. A Miu de cabelo preto e apetite sexual sadio. Talvez tenham se esbarrado, se amado, se completado. "Fazemos coisas que não se consegue pôr em palavras", Sumire, provavelmente, me diria, colocando em palavras do mesmo jeito.

Terá lugar para mim lá? Poderei estar com elas? Enquanto fazem um amor apaixonado, sentarei em um canto de um quarto em algum lugar e me distrairei lendo *Obras reunidas de Balzac*. Depois que tomassem banho, Sumire e eu faríamos longos passeios e conversaríamos sobre todo tipo de coisas — como sempre, com Sumire falando a maior parte do tempo. Mas a nossa relação duraria para sempre? É natural? "É claro", diria Sumire. "Nem precisa perguntar isso. Pois você é o meu único e verdadeiro amigo!"

Mas eu não tinha uma pista de como chegar a esse mundo. Passei a mão sobre a face de rocha dura, escorregadia, da Acrópole. A história tinha se filtrado na superfície e estava armazenada dentro. Querendo ou não, eu estou aprisionado neste fluxo de tempo. Não posso escapar. Não — isso não é totalmente verdade. A verdade é que realmente eu não quero escapar.

Amanhã, pegarei um avião e voarei de volta a Tóquio. As férias de verão estão chegando ao fim, e tenho de entrar, mais uma vez, na corrente incessante do cotidiano. Lá há lugar para mim. O meu apartamento, a minha mesa, a minha sala de aula, os meus alunos. Dias tranquilos me aguardam, romances para ler. Uma aventura ocasional.

Mas amanhã serei uma pessoa diferente, nunca mais serei quem eu fui. Não que alguém vá notar quando eu chegar ao Japão. No exterior nada estará diferente. Mas alguma coisa no interior se extinguiu, desapareceu. Sangue foi derramado, e algo dentro de mim se foi. De cabeça baixa, sem uma palavra, esse *algo* saiu de cena. A porta abre; a porta fecha. As luzes se apagam. Este é o último dia da pessoa que sou agora. O último crepúsculo. Quando amanhecer, a pessoa que sou não estará mais aqui. Outro ocupará este corpo.

Por que as pessoas têm de ser tão sós? Qual o sentido disso tudo? Milhões de pessoas neste mundo, todas ansiando, esperando que outros as satisfaçam, e contudo se isolando. Por quê? A terra foi posta aqui só para alimentar a solidão humana?

Virei-me de costas na laje, contemplei o céu e pensei em todos os satélites feitos pelo homem girando ao redor da Terra. O horizonte continuava delineado com um brilho tênue, e estrelas começavam a cintilar no céu profundo, cor de vinho. Busquei entre elas a luz de um satélite, mas ainda estava muito claro para localizar um a olho nu. As poucas estrelas pareciam fixas no lugar, imóveis. Fechei os olhos e prestei bastante atenção aos descendentes do Sputnik, mesmo agora circulando ao redor da Terra, a gravidade seu único elo com o planeta. Almas solitárias de metal, na escuridão desobstruída do espaço, encontravam-se, passavam umas pelas outras e se separavam, nunca mais se encontrando. Nenhuma palavra entre elas. Nenhuma promessa a cumprir.

15

O telefone tocou num domingo à tarde. O segundo domingo depois de o semestre começar, em setembro. Eu estava preparando um almoço atrasado e tive de desligar o gás do fogão antes de atender. O telefone tocou com uma espécie de urgência — pelo menos, foi assim que pareceu. Eu tinha certeza de que era Miu ligando para dar notícias do paradeiro de Sumire. A ligação não era de Miu, mas da minha namorada.

— Aconteceu uma coisa — disse ela, pulando suas brincadeiras iniciais de sempre. — Pode vir agora mesmo?

Parecia algo terrível. Seu marido teria descoberto sobre nós? Respirei fundo. Se as pessoas soubessem que eu dormia com a mãe de um dos alunos em minha casa, eu estaria numa enrascada, para não dizer outra coisa. Na pior das hipóteses, podia perder o emprego. Ao mesmo tempo, porém, estava resignado. Eu sabia dos riscos.

— Onde você está? — perguntei.
— Em um supermercado — disse ela.

Peguei o trem para Tachikawa, chegando à estação perto do supermercado às duas e meia. A tarde estava excessivamente quente, o verão de volta com toda a força, mas eu estava com uma camisa branca, gravata e um terno cinza, a roupa que ela tinha pedido para eu usar. Desse jeito, vai se parecer mais com um professor, ela disse, e dará uma impressão melhor. "Às vezes, você ainda parece um estudante", ela me disse.

Na entrada do supermercado, perguntei a um funcionário jovem, que reunia os carrinhos extraviados, onde ficava o escritório da segurança. Do outro lado da rua, no terceiro andar do anexo, ele disse. O anexo era um edifício pequeno e feio de três andares, sem nem mesmo um elevador. Ei, não se preocupe conosco, as rachaduras nas paredes de concreto pareciam dizer, de qualquer jeito, um dia, vão demolir o prédio mesmo. Subi a estreita escada gasta pelo tempo, localizei a porta com SEGURANÇA e dei algumas batidinhas leves. Uma grave voz masculina respondeu; abri a porta e vi minha namorada e seu filho. Estavam sentados diante da mesa em frente de um guarda fardado, de meia-idade. Só estavam eles três.

A sala era de tamanho médio, nem grande nem pequena demais. Três mesas estavam alinhadas ao longo da janela, um cofre de aço na parede oposta. Na parede divisória para outra sala, havia um rol de tarefas e três quepes de guardas de segurança em uma prateleira de aço. Uma porta de vidro fosco, no extremo da sala, parecia dar para uma segunda sala, provavelmente usada pelos guardas para um cochilo. A sala em que estávamos era praticamente desprovida de decoração. Sem flores, sem quadros, nem mesmo um calendário. Somente um relógio redondo, excessivamente grande, na parede. Um lugar completamente árido, como um recanto antigo de que o tempo tinha se esquecido. Além disso, o lugar exalava um odor estranho — fumaça de cigarro, documentos mofados e transpiração misturados ao longo dos anos.

O guarda em serviço era um homem atarracado, na faixa dos cinquenta e tantos anos. Tinha os braços robustos e uma grande cabeça coberta por um espesso emplastro de cabelo áspero, que ele havia achatado com algum tônico capilar barato, provavelmente o melhor que podia comprar com seu salário modesto. O cinzeiro à sua frente estava transbordando de guimbas de Seven Star. Quando entrei na sala, ele tirou os óculos de armação preta, limpou-os com um pano e tornou a pô-los. Talvez a sua maneira de cumprimentar pessoas pela primeira vez. Sem os óculos, seus olhos eram tão frios quanto rochas lunares. Quando recolocou os óculos, a frieza se retirou e foi substituída por uma espécie de olhar vidrado poderoso. De qualquer jeito, não era um olhar que deixava as pessoas à vontade.

A sala estava opressivamente quente; a janela estava escancarada, mas não entrava nem a mais ligeira brisa. Somente o barulho da rua. Um grande caminhão parou em um sinal vermelho, com seu freio de ar comprimido ecoando alto, e me fazendo lembrar de Ben Webster como tenor em seus últimos anos. Estávamos todos suando. Fui até a mesa, apresentei-me e dei ao homem o meu cartão de visita. O guarda aceitou-o sem dizer uma palavra, franziu os lábios e olhou fixo para ele durante um tempo. Pôs o cartão sobre a mesa e ergueu os olhos para mim.

— O senhor é muito jovem para um professor, não? — disse ele. — Há quanto tempo ensina?

Fingi refletir e respondi:

— Três anos.

— Humm — disse ele. E não falou mais nada. Mas o silêncio fala alto. Ele pegou meu cartão e examinou meu nome de novo, como se verificando alguma coisa.

— Meu nome é Nakamura. Sou o chefe da segurança, aqui — apresentou-se. Não ofereceu nenhum cartão de visita. — Puxe uma cadeira, por favor. Desculpe o calor. O ar-condicionado não está funcionando e ninguém aparecerá para consertá-lo num domingo. Não são gentis o bastante para me fornecerem um ventilador, de modo que me resigno e sofro. Tire o paletó, se quiser. Talvez nos demoremos um pouco aqui e eu sinto calor só de olhar para o senhor.

Fiz como ele disse, puxando uma cadeira e tirando o paletó. A camisa suada estava colada à minha pele.

— Sabe, sempre invejei os professores — começou o guarda. Um sorriso natimorto aflorou em seus lábios, se bem que seus olhos permanecessem os de um predador de mar aberto, sondando minhas águas profundas, atento ao mais leve movimento. Suas palavras eram cordiais, mas isso era apenas a aparência. A palavra *professor* soou como um insulto.

— Vocês têm mais de um mês de férias no verão, não precisam trabalhar aos domingos ou à noite, e as pessoas estão sempre lhes dando presentes. Uma vida boa, se quer saber. Às vezes, gostaria de ter estudado mais e me tornado professor. O destino interveio e aqui estou eu: guarda de segurança de um supermercado. Não fui esperto o bastante, suponho. Mas digo aos meus filhos para serem professores. Não me importa o que dizem, professores são bem-sucedidos.

Minha namorada estava com um vestido simples de mangas três quartos. Seu cabelo estava preso em um coque no alto da cabeça e ela usava um par de brincos pequenos. Sandálias brancas de salto alto completavam seu traje, e uma bolsa branca e um pequeno lenço cor creme estavam em seu colo. Era a primeira vez que a via desde que tinha voltado da Grécia. Ela olhava do guarda para mim, os olhos inchados de chorar. Estava evidente que tinha chorado muito.

Trocamos um olhar rápido e me virei para o seu filho. Seu nome era Shin'ichi Nimura, mas seus colegas de turma o tinham apelidado de Cenoura. Com seu rosto comprido e fino e seu cabelo encaracolado e despenteado, o nome se ajustava. Geralmente eu também o chamava assim. Era um garoto calado, quase nunca falava mais do que o necessário.

Suas notas não eram ruins: raramente se esquecia de levar o dever de casa e nunca deixava de cumprir suas funções de limpeza. Nunca criava confusão. Mas lhe faltava iniciativa e nunca tinha levantado a mão em aula. Os colegas de Cenoura não desgostavam dele, mas ele não era o que se chama de popular. Isso não agradava muito a sua mãe, mas, do meu ponto de vista, ele era um bom garoto.

— Suponho que a mãe do menino tenha lhe contado o que aconteceu — disse o guarda.
— Sim, contou — repliquei. — Ele foi pego furtando.
— Exatamente — disse o guarda, e pôs uma caixa de papelão, que estava a seus pés, sobre a mesa. Empurrou-a na minha direção. Dentro havia uma coleção de pequenos grampeadores, idênticos, ainda embalados. Peguei um e o examinei. A etiqueta com o preço dizia ¥850.
— Oito grampeadores — comentei. — É tudo?
— Sim. Foi isso.
Coloquei o grampeador de volta na caixa.
— Então, a soma total é de seis mil e oitocentos ienes.
— Correto. Seis mil e oitocentos ienes. Provavelmente está pensando, "Bem, o.k., ele furtou. É um crime, é claro, mas por que fazer tanto estardalhaço por oito grampeadores? Ele é apenas uma criança." Estou certo?
Não respondi.
— Está certo pensar assim. Pois é a verdade. Há muitos crimes mais graves do que roubar oito grampeadores. Eu era policial antes de me tornar segurança, por isso sei do que estou falando.
O guarda falava olhando diretamente em meus olhos. Sustentei seu olhar, com cuidado para não parecer desafiador.

— Se essa fosse a sua primeira infração, a loja não faria tanto barulho. Afinal, nosso negócio é lidar com clientes, e preferimos não nos chatear demais com coisas pequenas assim. Normalmente, eu traria a criança para esta sala e poria um pouco de medo de Deus em sua cabeça. Na pior das hipóteses, entraríamos em contato com seus pais e os faríamos castigar a criança. Não entramos em contato com a escola. Essa é a política da loja, cuidar discretamente de crianças que roubam.

"O problema é que não é a primeira vez que este menino roubou — ele prosseguiu. — Só em nossa loja, sabemos que aconteceu três vezes. *Três vezes!* Pode imaginar? E o pior é que nas duas outras vezes ele se recusou a nos dar seu nome e o da escola. Fui eu que cuidei dele, por isso me lembro bem. Ele não disse uma palavra, independentemente do que perguntamos. Tratamento de silêncio, como costumamos chamar na polícia. Nenhuma desculpa, nenhum remorso, adota simplesmente uma atitude comum de recusa a prestar declaração. Se ele não me dissesse seu nome desta vez, eu o levaria para a polícia, mas nem isso o fez reagir. Não tendo mais nada a fazer, obriguei-o a mostrar seu passe de ônibus, e foi assim que descobri seu nome."

Ele fez uma pausa, esperando que tudo fosse bem compreendido. Continuava a olhar fixamente para mim, e eu continuei a sustentar seu olhar.

— Outra coisa é o tipo de item que ele rouba. Nada engenhoso em relação a isso. Na primeira vez, roubou quinze lapiseiras. No valor total de nove mil setecentos e cinquenta ienes. Na segunda vez, foram oito compassos, oito mil ienes. Em outras palavras, toda vez rouba uma pilha de coisas idênticas. Não são para ele mesmo. Faz isso só por prazer, ou então pensa em vendê-los a seus colegas de escola.

Tentei evocar uma imagem de Cenoura vendendo grampeadores para seus colegas na hora do lanche. Não consegui.

— Não entendo — eu disse. — Por que roubar sempre da mesma loja? Isso não aumenta as chances de ser pego e, se isso acontece, de agravar o castigo? Se está pensando em se safar com os objetos, não experimentaria, naturalmente, outras lojas?

— Não sei. Talvez *estivesse* roubando também de outras lojas. Ou talvez a nossa loja seja a sua preferida. Talvez não goste da minha cara. Sou um simples guarda de segurança de um supermercado, de modo que não vou ficar ponderando sobre todas as possibilidades. Não me pagam o bastante para isso. Se quer realmente saber, pergunte a ele. Eu o trouxe para cá há três horas e nem uma palavra até agora. É surpreendente. Por isso os chamei. Desculpe tê-los feito virem no dia de folga... Mas tem uma coisa que me pergunto desde que o senhor entrou. Parece tão bronzeado. Não que isso seja relevante, mas passou suas férias de verão em algum lugar especial?

— Não, nenhum lugar especial — repliquei.

Ainda assim, ele continuou a examinar atentamente o meu rosto, como se eu fosse uma peça importante no quebra-cabeça.

Peguei de novo o grampeador e o examinei detalhadamente. Apenas um grampeador pequeno, comum, do tipo que se encontra em qualquer casa ou escritório. Material de escritório barato. Um cigarro Seven Star pendia em sua boca; o guarda acendeu-o com um isqueiro Bic e, virando-se para o lado, expirou a fumaça.

Virei-me para o garoto e perguntei delicadamente:

— Por que grampeadores?

Cenoura tinha ficado o tempo todo olhando para o chão, mas, agora, ergueu a face, em silêncio, e olhou para mim. Mas não disse nada. Notei, pela primeira vez, que a sua expressão tinha se modificado completamente: estranhamente inexpressiva, os olhos fora de foco. Ele parecia estar olhando fixamente um vazio.

— Alguém o obrigou a fazer isso?

Nenhuma resposta. Era difícil afirmar se estava escutando as minhas palavras. Desisti. Fazer qualquer pergunta ao garoto a essa altura não seria produtivo. A sua porta foi fechada, as janelas bem lacradas.

— Bem, senhor, o que propõe? — perguntou o guarda. — Sou pago para circular pela loja, checar os monitores, pegar ladrões e trazê-los a esta sala. O que acontece depois está fora da minha alçada. É especialmente difícil quando se trata de uma criança. O que sugere que façamos? Estou certo de que o senhor conhece mais essa área. Devemos deixar que a polícia trate do caso? Isso, certamente, seria mais fácil para mim. Evitaria que perdêssemos tempo quando não estamos chegando a lugar nenhum.

Na verdade, eu estava, naquele momento, pensando em outra coisa. Essa pequena sala úmida da segurança do supermercado me lembrava a delegacia na ilha grega. Pensamento que me levou direto a Sumire. E ao fato de que ela tinha desaparecido.

Precisei de alguns instantes para entender o que esse homem estava tentando me dizer.

— Vou contar a seu pai — disse a mãe de Cenoura em um tom de voz sem variação — e fazer com que meu filho entenda claramente que roubar é crime. Prometo que ele não o incomodará de novo.

— Em outras palavras, não quer que o caso seja levado ao tribunal. Repetiu isso várias vezes — disse o guarda em um tom aborrecido. Bateu a cinza do cigarro no cinzeiro. Virou-se de novo para mim e disse: — Mas, no que diz respeito à minha função, três vezes é muito. Alguém tem que dar um basta nisso. O que acha?

Respirei fundo, trazendo meus pensamentos de volta ao presente. Aos oito grampeadores e à tarde de um domingo de setembro.

— Não posso dizer nada antes de conversar com ele — respondi. — É um menino inteligente e nunca causou problema nenhum antes. Não tenho a menor noção de por que fez algo tão tolo, mas vou esclarecer tudo. Realmente sinto muito pelo problema que ele causou.

— Sim, mas não compreendo — disse o guarda, franzindo o cenho por trás dos óculos. — Este menino... Shin'ichi Nimura?... é da sua turma, não é? Portanto, o vê diariamente, correto?

— Sim.

— Ele está no quarto ano, o que significa que é seu aluno há um ano e quatro meses. Estou certo?

— Sim, está certo. Estou com essa turma desde que estavam no terceiro ano.

— Quantos alunos há em sua turma?

— Trinta e cinco.

— Então, pode ficar de olho em todos. Está me dizendo que nunca percebeu o menor sinal de que este menino causaria problemas. Absolutamente nenhum sinal?

— Exato.

— Espere um pouco. Até onde sabemos, ele vem roubando há seis meses. Sempre sozinho. Ninguém o está obrigando a isso. E não é um ato irrefletido. Tampouco ele está fazendo isso por dinheiro. Segundo sua mãe, ele recebe uma mesada generosa. Está fazendo isso só para ver se consegue roubar impunemente. Este garoto tem *problemas,* em outras palavras. Está me dizendo que não havia sinal nenhum disso?

— Falo, aqui, como professor — repliquei. — Mas, especialmente com crianças, o furto habitual não é tanto um ato criminoso quanto o resultado de um desequilíbrio emocional sutil. Talvez se eu tivesse prestado um pouco mais de atenção, tivesse notado alguma coisa. Realmente, eu falhei. Mas com crianças com distúrbios emocionais nem sempre há indícios externos. Se separamos o ato de todo o resto e punimos a criança, o problema básico não será sanado. A menos que se descubra a causa fundamental e que ela seja tratada, o mesmo problema virá à tona mais tarde sob uma forma diferente. Quase sempre as crianças estão tentando enviar uma mensagem ao roubarem, por isso, mesmo que não seja a maneira mais eficaz de lidar com o problema, é importante dedicar um tempo para esclarecer as coisas conversando.

O guarda amassou o cigarro e, com a boca semiaberta, olhou para mim demoradamente, como se eu fosse um animal de aparência estranha. Seus dedos sobre a mesa eram incrivelmente grossos, como dez pequenas criaturas pretas e peludas. Quanto mais eu olhava para eles, mais difícil ficava respirar.

— É isso que ensinam na faculdade, em *pedagogia*, ou seja lá o nome que for?

— Não necessariamente. É psicologia básica. Pode encontrar isso em qualquer livro.

— Pode encontrar em qualquer livro — disse ele, repetindo minhas palavras, indiferente. Pegou a toalha de mão e limpou o suor de seu pescoço grosso.

— "Um desequilíbrio emocional sutil." O que *isso* significa? Quando eu era policial, passava o dia todo, de manhã até a noite, lidando com personalidades desequilibradas. Mas não tinham nada de sutil. O mundo está cheio de gente desse tipo. Não é tão raro. Se eu quisesse passar o tempo escutando cada uma das mensagens que essas pessoas estavam enviando, precisaria de mais dez cérebros. E ainda não seria o suficiente.

Ele suspirou e pôs a caixa de grampeadores debaixo da mesa.

— O.k., você está absolutamente certo. As crianças têm o coração puro. O castigo físico é ruim. As pessoas são todas iguais. Não se pode julgá-las por suas notas. Converse um pouco e encontre uma solução. Não tenho problemas sérios com isso. Mas acha que é isso que tornará o mundo um lugar melhor? De jeito nenhum. Só irá piorar. Como as pessoas podem ser todas iguais? Nunca soube disso. Considere o seguinte: cento e dez milhões de pessoas empurram-se, abrindo caminho com os cotovelos, diariamente no Japão. Tente tornar todas elas iguais. Seria um verdadeiro inferno sobre a Terra.

"É fácil falar todas essas doces palavras. Feche os olhos, finja não perceber o que está acontecendo e passe a responsabilidade para outro. Não crie problemas, cante 'Auld Lang Syne', dê os diplomas às crianças, e todos viverão felizes para sempre. Roubar lojas é uma mensagem da criança. Não se preocupe com o futuro. Essa é a saída fácil, portanto, por que não? Mas quem vai limpar a sujeira? Pessoas como *eu*, isso sim. Acha que fazemos isso porque gostamos? Vocês têm uma espécie de ei-o-que-são-seis-mil-e-oitocentos-ienes?, estampada na cara, mas pense nas pessoas que foram roubadas. Cem pessoas trabalham aqui, e pode ter certeza de que levam a sério uma diferença de um ou dois ienes. Quando somam os recibos de uma caixa registradora e há uma discrepância de cem ienes, trabalham horas extras para a corrigir. Sabe quanto as mulheres que trabalham nas caixas ganham por hora? Por que não ensina isso a seus alunos?"

Eu não disse nada. A mãe de Cenoura estava calada, e o menino também. O guarda de segurança cansou de falar e deixou-se cair no silêncio geral. Na outra sala, o telefone tocou e alguém atendeu ao primeiro toque.

— Então, o que devemos fazer? — perguntou ele.
Eu disse:
— Que tal o pendurarmos no teto de cabeça para baixo até que diga que lamenta?

— Gostei! Mas, é claro que sabe, nós dois perderíamos o nosso emprego.
— Bem, então a única coisa a fazer é analisar pacientemente o problema. É tudo o que posso dizer.

Uma pessoa da outra sala bateu à porta e entrou.
— Senhor Nakamura, pode me emprestar a chave do depósito? — perguntou.

O senhor Nakamura remexeu na gaveta da mesa por um tempo, mas não a encontrou.
— Desapareceu — disse ele. — É estranho. Eu sempre a guardo aqui.
— É muito importante — disse o outro homem. — Preciso dela imediatamente.

Pela maneira como falaram, a chave parecia ser muito importante, algo que, para começo de conversa, provavelmente não deveria ser guardado nessa gaveta. Rebuscaram todas as gavetas, mas continuaram com as mãos vazias.

Nós três ficamos sentados ali, enquanto isso acontecia. A mãe de Cenoura relanceou olhos suplicantes para mim umas duas vezes. Cenoura continuava como antes, apático, os olhos fixos no chão. Pensamentos fúteis, casuais, atravessaram de repente a minha mente. A sala estava abafada.

O homem que precisava da chave desistiu, resmungando ao sair.

— Basta — disse o senhor Nakamura, virando-se para nós. Com o tom de voz monótono, prático, ele prosseguiu: — Obrigado por terem vindo. Terminamos. Deixarei o resto a seu cargo e a cargo da mãe do menino. Mas que fique bem claro: se ele fizer isso mais uma única vez, não escapará tão fácil. Espero que tenham entendido. Não quero criar problemas. Mas tenho de fazer o meu trabalho.

Ela concordou com a cabeça e eu também. Cenoura parecia não ter ouvido nem uma palavra. Levantei-me e os dois me imitaram sem resistência.

— Uma última coisa — disse o guarda de segurança, ainda sentado. Ele olhou para mim. — Sei que é rude de minha parte, mas ainda assim direi. Desde que pus os olhos no senhor, algo me incomoda. É jovem, alto, causa boa impressão, bem bronzeado, articulado. Tudo o que diz faz sentido. Estou certo de que os pais de seus alunos gostam muito do senhor. Não sei como explicar, mas desde a primeira vez que o vi alguma coisa está me atormentando. Algo que não consigo aceitar. Nada pessoal, por isso não se irrite. É que algo me incomoda. Mas o que está me atormentando?, eu me pergunto.

— Incomoda-se de eu perguntar algo pessoal? — eu disse.

— Pergunte.

— Se as pessoas não são iguais, onde o senhor se encaixa?

O senhor Nakamura deu uma tragada profunda, balançou a cabeça e soltou a fumaça bem devagar, como se estivesse obrigando alguém a fazer alguma coisa.

— Não sei — replicou. — Mas não se preocupe. Nós dois não compartilharíamos o mesmo nível.

Ela tinha parado seu Toyota Celica no estacionamento do supermercado. Eu a chamei de lado, longe de seu filho, e lhe disse para ir para casa sozinha. Preciso falar com seu filho a sós, eu disse. Eu o levarei para casa mais tarde. Ela concordou. Ela ia falar alguma coisa, mas não falou, entrou no carro, pegou os óculos escuros na bolsa e deu partida no motor.

Depois que partiu, levei Cenoura a um pequeno café, que parecia animado, ali perto. Relaxei no ar-condicionado, pedi um chá gelado e um sorvete para o menino. Abri o botão de cima da minha camisa, tirei a gravata e a pus no bolso do paletó, Cenoura continuou em silêncio. A sua expressão e seu olhar não tinham se alterado desde que estávamos no escritório da segurança. Ele parecia completamente apático, como se fosse continuar assim durante algum tempo. Suas pequenas mãos no colo, olhava para o chão, desviando o rosto. Tomei o chá gelado, mas Cenoura não tocou em seu sorvete. O sorvete derreteu-se aos poucos no prato, mas ele parecia não notar. Sentamo-nos um de frente para o outro, como um casal partilhando um silêncio constrangido. Sempre que passava por nossa mesa, a garçonete parecia tensa.

— Coisas acontecem — eu disse finalmente. Não estava tentando quebrar o gelo. As palavras simplesmente escaparam.

Cenoura ergueu, lentamente, a cabeça, e olhou para mim. Não disse nada. Fechei meus olhos, suspirei e fiquei em silêncio por algum tempo.

— Ainda não contei a ninguém — eu disse —, mas durante as férias de verão fui à Grécia. Sabe onde fica a Grécia, não sabe? Assistimos àquele vídeo na aula de estudos sociais, lembra? No sul da Europa, do lado do Mediterrâneo. Lá tem muitas ilhas e plantam oliveiras. O ano 500 a.C. foi o ápice de sua civilização. Atenas foi o berço da democracia, e Sócrates tomou veneno e morreu. Foi para lá que fui. É um lugar bonito. Mas não me diverti. Uma amiga desapareceu em uma pequena ilha grega, e fui ajudar na busca. Mas não encontramos nada. A minha amiga simplesmente sumiu. Como fumaça.

Cenoura abriu ligeiramente a boca e olhou para mim. Sua expressão continuava dura e sem vida, mas um lampejo de luz surgiu. Eu tinha conseguido me comunicar com ele.

— Eu gostava de verdade dessa amiga. Muito mesmo. Ela era a pessoa mais importante no mundo, para mim. Por isso peguei um avião para a Grécia, para ajudar na busca. Mas não adiantou. Não descobrimos nenhuma pista. Desde que a perdi, não tenho amigos. Nem um único.

Não estava falando com Cenoura, mas comigo mesmo. Pensando em voz alta.

— Sabe o que eu realmente gostaria de fazer neste exato momento? Subir ao topo de algum lugar alto, como as pirâmides. O lugar mais alto que eu pudesse encontrar. Onde se vê para sempre. Em pé, no topo, olhar o mundo todo, olhar todo o cenário e ver, com os meus próprios olhos, ver o que se perdeu do mundo. Sei lá... Talvez eu, na verdade, não queira ver isso. Talvez não queira ver mais nada, nunca mais.

A garçonete apareceu, tirou o prato de sorvete derretido de Cenoura e deixou a conta.

— Eu sinto como se fosse sozinho desde pequeno. Eu tinha meus pais e uma irmã mais velha em casa, mas não me dava bem com eles. Não conseguia me comunicar com ninguém da minha família. Por isso, imaginava, frequentemente, que era adotado. Por alguma razão, parentes distantes tinham me abandonado com a minha família. Ou talvez tivessem me pego em um orfanato. Hoje, percebo como essa ideia era tola. Meus pais não são do tipo que adota um órfão desamparado. De qualquer jeito, eu não podia aceitar o fato de ter parentesco de sangue com essa gente. Era mais fácil pensar que eram completos estranhos.

"Eu imaginava uma cidade distante. Lá, havia uma casa, onde a minha verdadeira família morava. Uma casinha modesta, mas aconchegante e agradável. Ali, todos se entendiam, diziam como se sentiam, independentemente de como se sentissem. À noite, ouvia-se mamãe atarefada na cozinha, preparando o jantar, e sentia-se uma fragrância quente, deliciosa. *Lá era* o meu lugar. Eu ficava sempre imaginando esse lugar, comigo fazendo parte da cena.

"Na vida real, a minha família tinha um cachorro, e ele era o único com quem eu me dava bem. Era um vira-lata, mas muito brilhante. Ensinava-se a ele uma coisa uma única vez e ele não esquecia nunca mais. Eu o levava para passear todos os dias; íamos ao parque. Eu me sentava no banco e falava sobre todo tipo de coisa. Nós nos compreendíamos. Esses foram os momentos mais felizes da minha infância. Quando eu estava no quinto ano, o meu cachorro foi atropelado por um caminhão, perto da nossa casa, e morreu. Meus pais não me deixaram comprar outro cachorro. Faziam muito barulho e eram muito sujos, disseram, davam muito trabalho.

"Depois que o meu cachorro morreu, passei a ficar muito tempo no meu quarto, lendo livros. O mundo dos livros parecia muito mais vivo do que qualquer outra coisa fora dali. Eu podia ver coisas que nunca tinha visto antes. Livros e música eram os meus melhores amigos. Eu tinha uns dois bons amigos na escola, mas nunca conheci ninguém com quem realmente me abrisse. Conversávamos sobre coisas sem importância, jogávamos futebol juntos. Quando alguma coisa me aborrecia, não falava com ninguém sobre isso. Refletia, chegava a uma conclusão e agia sozinho. Não que me sentisse realmente solitário. Achava que as coisas eram assim mesmo. Os seres humanos, no fim das contas, têm de sobreviver por si próprios.

"No entanto, quando entrei para a universidade, fiz uma amiga, aquela de que já lhe falei. E a minha maneira de pensar começou a mudar. Passei a entender que só pensar por mim mesmo há tanto tempo estava me refreando, me restringindo a um único ponto de vista. E comecei a sentir que estar completamente só é terrível.

"Estar completamente só é como o sentimento que se tem quando se está na foz de um grande rio em uma noite chuvosa, e se observa a água correr para o mar. Já fez isso? Ficar à foz de um rio grande e observar a água correr para o mar?"

Cenoura não respondeu.

— Eu já — eu disse.

Com os olhos esbugalhados, Cenoura me encarava.

— Não sei explicar por que a sensação de tamanha solidão ao observar a água do rio se misturar com a água do mar. Mas é assim. Devia tentar, um dia.

Peguei o meu paletó, a conta e me levantei devagar. Pus a mão no ombro de Cenoura, e ele também se levantou. Paguei e saímos do café.

Levamos a pé cerca de trinta minutos até chegarmos à sua casa. Caminhamos juntos e eu não disse uma palavra.

Perto da sua casa, havia um pequeno rio, com uma ponte de concreto. Uma coisinha suave, mais um canal de escoamento do que propriamente um rio. Quando existia terra cultivável por ali, devia ser usado para irrigação. Agora, entretanto, a água era turva, com um leve odor de detergente. A relva do verão germinava na margem do rio, um gibi jogado fora estava aberto na água. Cenoura parou no meio da ponte, debruçou-se no parapeito e olhou para baixo. Fiquei do seu lado e também olhei para baixo. Ficamos assim por muito tempo. Provavelmente, ele não queria voltar para casa. Eu podia entendê-lo.

Cenoura enfiou a mão no bolso, tirou uma chave e a estendeu para mim. Apenas uma chave comum, com uma grande etiqueta vermelha. A etiqueta dizia DEPÓSITO 3. A chave do depósito que o guarda de segurança, Nakamura, estava procurando. Cenoura deve ter sido deixado sozinho na sala por um instante, achado a chave na gaveta e a metido no bolso. A mente desse menino era um enigma maior do que eu tinha imaginado. Era uma criança muito estranha.

Peguei a chave e senti o peso das inúmeras pessoas que a tinham usado. Pareceu-me terrivelmente mesquinha, suja, intolerante. Aturdido, acabei deixando-a cair no rio. Caiu fazendo um baque delicado. O rio não era muito fundo, mas a água era turva, e a chave desapareceu. Lado a lado na ponte, Cenoura e eu olhamos fixamente para a água durante algum tempo. De certa forma, senti-me animado, o meu corpo mais leve.

— É tarde demais para devolver — eu disse, mais para mim mesmo do que para ele. — Tenho certeza de que têm uma cópia. Afinal, trata-se de seu precioso *depósito*.

Estendi a mão, e Cenoura pôs, suavemente, a sua nela. Senti seus dedos magros, pequenos, nos meus. Sensação que eu já tinha experimentado — onde teria sido? — muito tempo atrás. Segurei sua mão e fomos para a casa dele.

Sua mãe estava nos esperando quando chegamos. Tinha trocado a roupa para uma elegante blusa branca sem mangas e uma saia plissada. Seus olhos estavam vermelhos e inchados. Devia ter chorado, sozinha, desde que voltara para casa. Seu marido dirigia uma agência imobiliária na cidade e, nos domingos, ou trabalhava ou jogava golfe. Ela mandou Cenoura subir para seu quarto no segundo andar, e me levou, não para a sala de estar, mas para a cozinha, onde nos sentamos à mesa. Talvez fosse mais fácil, para ela, conversar ali. A cozinha tinha uma enorme geladeira verde-abacate, um gabinete no meio, e uma janela ensolarada de frente para o leste.

— Ele parece um pouco melhor do que antes — disse ela, a voz fraca. — Quando o vi no escritório da segurança, eu não soube o que fazer. Nunca o tinha visto com aquele olhar. Como se estivesse fora do mundo.

— Não tem com que se preocupar. Dê tempo ao tempo, e ele voltará ao normal. Por enquanto, é melhor que não lhe diga nada. Simplesmente deixe-o só.

— O que vocês dois fizeram depois que vim embora?

— Conversamos — eu disse.

— Sobre o quê?

— Não muita coisa. Basicamente eu falei o tempo todo. Nada especial, mesmo.

— Quer beber algo gelado?

Recusei com um movimento da cabeça.

— Não faço mais ideia de como falar com ele — disse ela. — E esse sentimento só tem se tornado mais forte.

— Não é preciso se forçar a falar com ele. As crianças estão em seu próprio mundo. Quando quiser falar, ele falará.

— Mas ele quase não fala.

Tomamos cuidado para não nos tocarmos, enquanto estávamos frente a frente à mesa da cozinha. Nossa conversa foi tensa, o tipo de conversa que se espera de um professor e uma mãe analisando uma criança com problemas. Enquanto ela falava, mexia com as mãos, torcendo os dedos, estendendo-os, apertando as mãos. Pensei nas coisas que essas mãos tinham feito em mim, na cama.

Não vou relatar o que aconteceu na escola, eu disse. Conversarei com ele e, se houver algum problema, eu mesmo cuidarei disso. Por isso, não se preocupe. Ele é um menino inteligente, um bom menino; dê tempo ao tempo, ele tomará juízo. É só uma fase que ele está atravessando. A coisa mais importante é você ficar calma em relação a isso. Repeti tudo isso várias vezes, lentamente, deixando que fosse absorvido. Parece que fez com que ela se sentisse melhor.

Ela disse que me levaria de carro para o meu apartamento, em Kunitachi.

— Acha que o meu filho percebe o que está acontecendo? — perguntou quando paramos em um sinal. É claro que se referia ao que acontecia entre mim e ela.

Sacudi a cabeça.

— Por que diz isso?

— Quando fiquei sozinha em casa, esperando vocês, esse pensamento me ocorreu. Não tem fundamento nenhum, foi só uma sensação. Ele é muito intuitivo, e tenho certeza de que percebeu como eu e meu marido não nos damos bem.

Fiquei em silêncio. Ela não disse mais nada.

Ela parou o carro no estacionamento logo além do cruzamento em que ficava o meu edifício. Puxou o freio de mão e desligou o motor. O motor crepitou e, sem o ruído do ar-condicionado, um silêncio constrangido se instalou no carro. Eu sabia que ela queria que eu a pegasse nos braços ali mesmo, naquele exato instante. Pensei em seu corpo flexível debaixo da blusa, e a minha boca se ressecou.

— Acho que é melhor não nos vermos mais — eu disse sem rodeios.

Ela não respondeu nada. As mãos no volante, ela olhava fixo na direção do indicador do nível de óleo. Quase toda a emoção desaparecera do seu rosto.

— Pensei bastante — eu disse. — Não acho certo eu ser parte do problema. Não posso ser parte da solução se sou parte do problema. Vai ser melhor para todo mundo.

— Todo mundo?

— Especialmente para o seu filho.
— Para você também?
— Sim. É claro.
— E eu? Todo mundo me inclui?

Sim, eu quis dizer. Mas as palavras não saíram. Ela tirou o Ray-Ban verde-escuro, depois tornou a pô-los.

— Não é fácil para mim dizer isso — ela disse. — Mas deixar de vê-lo vai ser muito duro.

— Para mim também. Gostaria de que continuássemos como estávamos. Mas não é certo.

Ela respirou fundo e disse:

— O que é certo? Pode me dizer? Eu realmente não sei o que é certo. Sei o que é errado. Mas o que é *certo*?

Não me ocorreu nenhuma boa resposta.

Parecia que ia chorar. Ou gritar. Mas se conteve. Simplesmente agarrou firme o volante, as costas das mãos ficando ligeiramente vermelhas.

— Quando eu era mais jovem, todo tipo de gente falava comigo — disse ela. — Contavam todo tipo de coisas. Histórias fascinantes, histórias belas, estranhas. Mas, passado certo ponto, ninguém mais conversa comigo. Ninguém. Nem meu marido, nem meu filho, nem meus amigos... ninguém. Como se não restasse nada no mundo do que se conversar. Às vezes, sinto como se o meu corpo estivesse se tornando invisível, como se você pudesse enxergar através de mim.

Ela ergueu as mãos do volante e as estendeu à frente.

— Não que você pudesse entender o que estou tentando dizer.

Procurei as palavras certas. E nada me ocorreu.

— Muito obrigada por tudo que fez hoje — disse ela, recompondo-se. Sua voz quase retomara seu tom usual, calmo. — Acho que não conseguiria ter tratado disso sozinha. É muito difícil para mim. Ter você comigo ajudou muito. Estou grata. Sei que será um professor maravilhoso. Você quase é.

Tinha pretendido ser sarcástica? Provavelmente. Não, definitivamente.

— Ainda não — eu disse.

Ela sorriu, bem levemente. E nossa conversa se encerrou.

Abri a porta do carro e saltei. A luz do sol da tarde de um domingo de verão tinha enfraquecido consideravelmente. Senti dificuldade em respirar, e minhas pernas pareciam estranhas. O motor do Celica ressoou e ela partiu da minha vida para sempre. Ela baixou a janela e acenou brevemente, e eu levantei a mão em resposta.

De volta ao apartamento, tirei a camisa suada e a joguei na máquina de lavar, tomei um banho e lavei a cabeça. Fui à cozinha terminar de preparar a refeição que tinha deixado pela metade e comi. Depois, afundei-me no sofá e peguei o livro que tinha começado a ler. Mas não li nem cinco páginas. Desistindo, fechei o livro e pensei, durante algum tempo, em Sumire. E na chave do depósito que tinha jogado no rio imundo. E nas mãos da minha namorada agarrando-se ao volante. Tinha sido um longo dia que, finalmente, acabara, deixando para trás apenas recordações casuais. Eu tinha tomado um banho demorado, mas o meu corpo ainda estava impregnado do mau cheiro do tabaco. E a minha mão ainda retinha uma sensação lancinante — como se eu tivesse espremido a vida de alguma coisa.

Fiz o que era *certo*?

Acho que não. Eu só tinha feito o que era necessário para *mim*. Há uma grande diferença. "*Todo mundo*", ela me perguntou. "*Inclui a mim?*"

Francamente, naquela hora eu não estava pensando em ninguém. Eu só estava pensando em Sumire. Não em todos *eles* lá, ou todos *nós* aqui.

Somente em Sumire, que não estava em lugar nenhum.

16

Não soube mais de Miu desde que nos despedimos no porto. Isso me parecia estranho, já que ela tinha prometido entrar em contato tivesse ou não notícias de Sumire. Eu não conseguia acreditar que tivesse se esquecido de mim; ela não era do tipo de fazer promessas que não tivesse a intenção de cumprir. Alguma coisa devia ter acontecido que a impedira de entrar em contato comigo. Pensei em ligar para ela, mas nem mesmo sabia o seu nome verdadeiro. Ou o nome da sua empresa, ou onde ficava. No que dizia respeito a Miu, Sumire não havia deixado nenhuma orientação sólida.

O telefone de Sumire ainda tinha a mesma mensagem, mas logo foi desligado. Pensei em ligar para a sua família. Eu não sabia o número, se bem que não seria difícil encontrar a clínica dentária de seu pai nas Páginas Amarelas de Yokohama. Mas, não sei por quê, não consegui dar esse passo. Ao invés disso, fui à biblioteca e examinei os jornais de agosto. Havia um artigo bem pequeno sobre ela, sobre uma garota japonesa de vinte e dois anos, em viagem pela Grécia, que estava desaparecida. As autoridades locais estavam investigando, procurando-a. Mas até agora nenhum vestígio. Era isso. Nada que eu já não soubesse. Ao que parecia, muitas pessoas, em viagem ao exterior, desapareciam. E ela foi apenas mais uma.

Desisti de acompanhar as notícias. Quaisquer que fossem as razões para o seu desaparecimento, por mais investigações que fizessem, uma coisa era certa. Se Sumire voltasse, entraria em contato. Isso era tudo o que importava.

Setembro veio e se foi, o outono chegou ao fim sem eu me dar conta, e o inverno se instalou. Em 7 de novembro, Sumire faria vinte e três anos e, em 9 de dezembro, eu completaria vinte e cinco. Chegou o Ano-Novo e o fim do ano letivo. Cenoura não causou mais problemas e passou para o quinto ano, para uma nova turma. Depois daquele dia, nunca mais falei com ele sobre o furto. Sempre que o via, percebia que não era necessário.

Como, agora, ele tinha outro professor, eu cruzava cada vez menos com a minha ex-namorada. Tudo estava definitivamente terminado. Mas, às vezes, uma recordação nostálgica do calor de sua pele vinha a mim, e eu quase pegava o telefone. O que me impedia era a sensação em minha mão da chave do depósito daquele supermercado. Daquela tarde de verão. E da pequena mão de Cenoura na minha.

Sempre que esbarrava com Cenoura, na escola, não podia deixar de achar que ele era uma criança estranha. Eu não fazia a menor ideia dos pensamentos que se arquitetavam por trás daquela face comprida, serena. Mas algo, definitivamente, estava acontecendo por baixo de seu exterior plácido. E se preciso, teria os meios para entrar em ação. Era possível sentir algo profundo nele. Achei que contar os sentimentos que guardava dentro de mim era a coisa certa a fazer. Para ele e para mim. Provavelmente, mais por mim. É um pouco estranho dizer isso, mas ele me entendeu e aceitou. Até mesmo me perdoou. Até um certo ponto, pelo menos.

Que tipo de dias — os aparentemente eternos dias da juventude — crianças como Cenoura passariam durante o processo de se tornarem adultos? Não é fácil para eles. Os tempos difíceis excedem em número os fáceis. Por experiência própria, posso predizer a forma que a sua dor assumiria. Ele se apaixonará por alguém? E essa outra pessoa corresponderá ao seu amor? Não que o fato de eu pensar sobre isso tenha importância. Depois que ele terminar o fundamental, irá embora, e não o verei mais. E tenho os meus próprios problemas com que me preocupar.

Fui a uma loja de discos, comprei Elisabeth Schwarzkopf cantando *lieder* de Mozart e ouvi repetidas vezes. Adorei a serenidade das canções. Se fechava os olhos, a música sempre me levava de volta àquela noite na ilha grega.

Além de algumas recordações vívidas, inclusive a do desejo irresistível que senti no dia em que a ajudei a se mudar, tudo o que Sumire deixou foram várias cartas longas e o disquete. Li as cartas e os dois documentos tantas vezes que quase os decorei. Cada vez que os lia, sentia como se eu e Sumire estivéssemos de novo juntos, os nossos corações sendo um só. Isso aquecia o meu coração mais do que qualquer outra coisa. Como se viajando em um trem, à noite, por uma vasta planície, vislumbrasse uma luz minúscula na janela de uma fazenda. Em um instante, a luz seria sugada de volta à escuridão e desapareceria. Mas, se fecho os olhos, esse ponto de luz permanece por alguns momentos.

Acordei no meio da noite e me levantei da cama (não conseguiria dormir de novo mesmo), deitei no sofá e revivi as recordações da pequena ilha grega enquanto ouvia Schwarzkopf. Relembrei cada evento, virando calmamente as páginas da minha memória. A encantadora praia deserta, o café ao ar livre, no porto. A camisa manchada de suor do garçom. O perfil gracioso de Miu e o fulgor do

Mediterrâneo visto da varanda. O pobre herói que tinha sido empalado, na praça principal. E a música grega que ouvi vinda do cume da montanha naquela noite. Revivi com intensidade o luar mágico, o prodigioso eco da música. A sensação de estranhamento que experimentei quando fui despertado pela música. Aquele sofrimento à meia-noite, sem forma, quando também o meu corpo estava, silenciosamente, cruelmente, sendo empalado.

Ali deitado, fecho os olhos durante algum tempo, depois os abro. Em silêncio, inspiro o ar, depois expiro. Um pensamento começa a se formar em minha mente, mas acabo sem pensar em nada. Não que haja muita diferença entre os dois, entre pensar e não pensar. Acho que não consigo mais distinguir entre uma coisa e outra, entre as coisas que existiram e as que não existiram. Olho pela janela. Até o céu se tornar branco, nuvens passarem, pássaros piarem, e um novo dia surgir desajeitado, reunindo as mentes sonolentas das pessoas que habitam este planeta.

Uma vez, no centro de Tóquio, vi Miu de relance. Foi mais ou menos seis meses depois de Sumire desaparecer, um domingo quente em pleno mês de março. Nuvens baixas cobriam o céu e parecia que ia chover a qualquer momento. Todos levavam guarda-chuvas. Eu estava indo visitar alguns parentes que moravam no centro e o sinal fechou em Hiroo, no cruzamento perto da loja Meidi-ya. Foi quando localizei o Jaguar azul-marinho atravessando com dificuldade o trânsito pesado. Eu estava em um táxi, e o Jaguar estava na faixa à minha esquerda. Reparei no carro porque a motorista era uma mulher com uma cabeleira branca fantástica. A distância, o cabelo branco da mulher sobressaía-se em nítido contraste com o carro todo azul--marinho. Eu só tinha visto Miu com o cabelo preto, de modo que levei um tempo para associar aquela Miu com a Miu que eu tinha conhecido. Mas, definitivamente, era ela. Era tão bonita quanto eu me lembrava. Sofisticada de uma maneira bela e incomum. Seu cabelo branco extraordinário mantinha as pessoas a distância e tinha um quê resoluto, quase mítico.

A Miu diante de mim, no entanto, não era a mulher a quem eu tinha acenado no porto da ilha grega. Só tinha se passado meio ano, mas ela parecia outra pessoa. É claro que a cor de seu cabelo tinha mudado. Mas não era só isso.

Uma concha vazia. Essas foram as primeiras palavras que me vieram à cabeça. Miu era como um quarto vazio depois de todos saírem. Alguma coisa incrivelmente importante — a mesma coisa que envolveu Sumire em um tornado, que abalou o meu coração quando eu estava no convés da barca — tinha desaparecido para sempre de Miu. Deixando para trás não a vida, mas a sua ausência. Não o calor de algo vivo, mas o silêncio da recordação. Seu cabelo branco puro me fez, inevitavelmente, imaginar a cor dos ossos humanos, esbranquecidos pela passagem do tempo. Durante algum tempo, não consegui exalar.

O jaguar que Miu estava dirigindo às vezes adiantava-se ao táxi em que eu estava, às vezes ficava para trás, mas Miu não notou que eu a estava observando. Não podia chamá-la. Não sabia o que dizer, porém, mesmo que soubesse, as janelas de seu carro estavam bem fechadas. Miu estava sentada ereta, as duas mãos no volante, a atenção fixa na cena à sua frente. Ela devia estar pensando profundamente sobre alguma coisa. Ou talvez estivesse ouvindo a *Arte da fuga* no estéreo de seu carro. O tempo todo, a sua expressão gelada, endurecida, não se alterou, e ela mal piscou. Finalmente, o sinal mudou para verde e o Jaguar acelerou na direção de Aoyama, deixando o meu táxi para trás, parado, esperando para virar à direita.

De modo que é assim que vivemos as nossas vidas. Não importa quão profunda e fatal seja a perda, o quão importante fosse o que nos roubaram — que foi arrebatado de nossas mãos —, mesmo que mudemos completamente, com somente a camada externa da pele igual à de antes, continuamos a representar as nossas vidas dessa maneira, em silêncio. Aproximamo-nos cada vez mais do fim da dimensão do tempo que nos foi estipulado, dando-lhe adeus enquanto vai minguando. Repetindo, quase sempre habilmente, as proezas sem fim do dia a dia. Deixando para trás uma sensação de vazio imensurável.

Deve ter havido um motivo para Miu não ter conseguido entrar em contato comigo, mesmo tendo retornado ao Japão. Ela preferiu manter silêncio, segurando com força suas recordações, buscando um lugar sem nome, remoto, que a tragasse. Foi isso o que imaginei. Não estou querendo culpar Miu. Muito menos odiá-la.

    A imagem que me veio à mente naquele momento foi a da estátua de bronze do pai de Miu na pequena aldeia montanhesa, na parte norte da Coreia. Eu podia descrever a pequenina praça principal, as casas baixas e a estátua de bronze coberta de poeira. Lá, o vento sempre sopra forte, curvando as árvores e fazendo-as assumirem formas surreais. Não sei por quê, mas a estátua de bronze e Miu, as mãos no volante de seu Jaguar, fundiram-se em minha mente.

    Talvez, em algum lugar distante, tudo já tenha silenciosamente se perdido. Ou, pelo menos, lá exista um lugar silencioso em que tudo possa desaparecer, fundindo-se em uma figura única, sobreposta. E enquanto vivemos nossas vidas, descobrimos — puxando os finos fios atados a cada uma — o que foi perdido. Fechei os olhos e tentei trazer à mente tantas coisas belas quanto pudesse. Aproximando-as, agarrando-me a elas. Sabendo, o tempo todo, que a sua vida é efêmera.

Eu sonho. Às vezes, acho que é a única coisa certa a fazer. Sonhar, viver no mundo dos sonhos — exatamente como Sumire dizia. Mas não dura para sempre. A vigília sempre chega para me levar de volta.

Acordei às três da manhã, acendi a luz, sentei-me na cama e olhei o telefone ao meu lado. Imagino Sumire em uma cabine telefônica, acendendo um cigarro e apertando os botões do meu número. Seu cabelo está embaraçado; ela usa um paletó de espinha de peixe masculino, vários tamanhos acima do seu, e meias que não combinam. Ela franze o cenho, engasgando um pouco com a fumaça. Demora para apertar todos os números corretamente. Sua cabeça está cheia de coisas que quer me contar. Ela é capaz de falar até amanhecer, quem sabe? Sobre, digamos, a diferença entre símbolos e signos. Meu telefone parece que vai tocar a qualquer minuto. Mas não toca. Deito-me e olho fixo para o telefone silencioso.

Mas, uma vez, ele tocou mesmo. Bem na minha frente, tocou de verdade. Fazendo o ar do mundo real estremecer. Atendi.

— Alô?

— Ei, voltei — disse Sumire. Muito casual. Muito real. — Não foi fácil, mas, não sei como, consegui. Como um resumo de cinquenta palavras da *Odisseia* de Homero.

— Isso é bom — eu disse. Eu não conseguia acreditar. Poder ouvir a sua voz. O fato de isso estar acontecendo.

— É bom? — disse Sumire, e quase ouvi o franzir do cenho. — Que diabos quer dizer com isso? Saiba que passei o diabo. Os obstáculos que enfrentei, milhões deles, eu nunca terminaria de falar se tentasse explicar todos, tudo isso para voltar e tudo o que diz é "bom"? Acho que vou chorar. Se não é *bom* eu estar de volta, como é que eu fico? *Isso é bom*. Não acredito! Poupe esse tipo de observação espirituosa, confortadora, para os seus alunos, quando eles, finalmente, aprenderem a multiplicar!

— Onde você está?

— Onde estou? Onde acha que estou? Em nossa velha e leal cabine telefônica. Essa pequena caixa quadrada ordinária, com anúncios de agências de crédito impostoras e serviços de acompanhantes. Uma meia-lua cor de mofo pende no céu; o chão está coberto de guimbas de cigarros. Até onde a vista alcança, nada que faça alguém feliz. Uma cabine telefônica intercambiável, totalmente semiótica. Então, onde fica? Não sei exatamente. É tudo semiótico demais, e você me conhece, certo? Metade do tempo não sei onde estou. Não consigo indicar direções muito bem. Os motoristas de táxi estão sempre gritando comigo: *Ei, senhora, onde diabos está tentando ir?* Não estou longe demais, acho. Provavelmente, bem perto.

— Vou buscá-la.

— Eu bem que gostaria. Vou descobrir onde estou e ligo de volta. Aliás, estou ficando sem moedas. Espere um pouco, o.k.?

— Eu quero muito te ver — eu disse.

— Eu também quero ver você, realmente — disse ela. — Quando deixei de vê-lo, percebi. Foi tão claro, como se os planetas se alinhassem, de repente, para mim. Eu preciso muito de você. Você é parte de mim; eu sou parte de você. Sabe, em algum lugar, não sei bem onde, acho que cortei alguma garganta. Afiando a minha faca, o meu coração uma pedra. Simbolicamente, como fazendo um portão na China. Está entendendo o que estou dizendo?

— Acho que sim.

— Então venha me pegar.

De súbito, a ligação caiu. Ainda com o receptor na mão, observei-o demoradamente. Como se o próprio telefone fosse alguma mensagem vital, sua forma e cor contendo um significado oculto. Pensei bem e desliguei. Sentei-me na cama e esperei que tocasse de novo. Recostei-me na parede, o meu foco de atenção em um único ponto no espaço à minha frente, e respirei lentamente, sem fazer nenhum ruído. Certificando-me do que conecta um momento de tempo com o seguinte. O telefone não toca. Um silêncio incondicional pende no ar. Mas não estou com pressa. Não há necessidade de pressa. Estou pronto. Posso ir a qualquer lugar.
Certo?
Certíssimo!

Saí da cama. Afastei a cortina velha e desbotada, e abri a janela. Pus a cabeça para fora e olhei para o céu. Como era de esperar, uma meia-lua cor de mofo pendia no céu. Ótimo. Nós dois estamos olhando a mesma lua, no mesmo mundo. Estamos conectados à realidade pela mesma linha. Tudo o que eu tenho de fazer é puxá-la, calmamente.
Abro meus dedos e olho as palmas das duas mãos, procurando manchas de sangue. Não há nenhuma. Nenhum cheiro de sangue, nenhuma rigidez. O sangue já deve, à sua maneira silenciosa, ter vazado por dentro.

1ª EDIÇÃO [2008] 15 reimpressões

ESTA OBRA FOI COMPOSTA PELA ABREU'S SYSTEM EM ADOBE GARAMOND
E IMPRESSA EM OFSETE PELA GEOGRÁFICA SOBRE PAPEL PÓLEN
DA SUZANO S.A. PARA A EDITORA SCHWARCZ EM ABRIL DE 2024

A marca FSC® é a garantia de que a madeira utilizada na fabricação do papel deste livro provém de florestas que foram gerenciadas de maneira ambientalmente correta, socialmente justa e economicamente viável, além de outras fontes de origem controlada.